Christiane Gezeck

Wen(n) der Schein trügt

Kurzgeschichten – heiter bis wolkig

Bibliogafische Information der Deutschen Nationalbibliothek:
Die Deutsche Nationalbibliothek verzeichnet diese Publikation in der
Deutschen Nationalbibliografie; detaillierte bibliografische Daten sind
im Internet über http//dnb.dnb.de abrufbar.

Herstellung und Verlag:

BoD – Books on Demand, Norderstedt

ISBN: 978-3-7460-1581-1

Inhalt

Auf dem Dach der Welt 7

... aber bitte mit Sahne..12

Happy-Retirement 19

Augenblick 24

Herr Gimpel fährt Bus 26

In der Sauna..38

Eisblumen 42

Hochzeitstag 45

Lost in Speed 53

Anfang von etwas..58

Bel Ami 60

Nur der Mann im Mond schaut zu 64

Der Bikini 72

Bahnsteig 13..80

Gerührt und nicht geschüttelt....................................87

Die Mausefalle..96

In guten wie in schlechten Zeiten 109

Ja, Schatz! 114

Schweinehund..121

Frische Luft ist gesund 124

Wen(n) der Schein trügt 127

Lieber guter Weihnachtsmann 134

I am up to Lousiana 145

... und weiß nicht, was beginnen. 153

So fragt man Leute aus 161

Aura 166

Auf dem Dach der Welt

„Wie Sie sehen, präsentiert sich der Turm unseres Doms gerade nicht in seiner vollen Schönheit", sagt der Stadtführer und deutet mit der Spitze seines grellroten Regenschirms auf das Stahlgerüst, das das alte Gemäuer im Zaum zu halten scheint. „Das ist ein bisschen schade, denn wie Sie sich denken können, sind wir sehr stolz auf die majestätische Ausstrahlung dieses Wahrzeichens unserer Stadt, doch ich kann Ihnen versichern, dass Sie die ganze Fülle seiner Schönheit bereits im nächsten Frühjahr wieder ..."

„Oh Gott! Da will jemand springen!", schreit plötzlich ein Mann aus seiner Gruppe, der den Blick über den glänzenden Stahl hinauf in die Höhe hat wandern lassen. „Da! Dort oben ... auf dem Baugerüst ...!", und die Blicke der ganzen, mindestens zwanzigköpfigen Gruppe folgen seinem in die Höhe gereckten, zitternden Zeigefinger. Ein vielstimmiger Aufschrei hallt über den Platz, die Frauen schlagen die Hand vor den Mund, die jungen Leute zücken ihre Handys, zwei Männer stehen in den Startlöchern, vibrierend vor Aktivität.

„Polizei! Schnell, ruft die Feuerwehr ... mein Gott, wo ist mein Handy ..." Der Stadtführer hat alle Hände voll zu tun, die Gruppe zusammenzuhalten. „Bitte, bleiben Sie hier, bleiben Sie bei der Gruppe! Bitte keine übereilten Aktivitäten! Die Polizei wird gleich hier sein, die Feuerwehr übernimmt den Fall. Halt, bleiben Sie ... verdammt, bleiben Sie stehen!" Mit zwei Schritten ist er hinter dem Jüngling her, der sich bereits auf dem Weg nach oben wähnte, packt ihn am Ärmel und zieht ihn zurück.

„Wenn da wirklich jemand seinem Leben ein Ende machen will, brauchen wir Fachkräfte, die für solche Situationen geschult sind. Bilden Sie sich doch nicht ein, hier etwas ausrichten zu können. - Treten Sie zurück, bitte treten Sie zurück", fordert er jetzt, als unter Sirenengeheul zuerst zwei Polizeiwagen und dann die Feuerwehr auf dem kopfstein gepflasterten Platz zum Stehen kommen.

Inzwischen hat sich eine ständig wachsende Menschenmenge um die Gruppe geschart. Neu hinzugekommene Polizisten drängen die Menschen zurück, halten den Platz frei für das riesige Sprungtuch, das die Feuerwehrleute notfalls blitzschnell in Position bringen müssen.

„Mein Gott, nein!" Ein erneuter Aufschrei zerreißt das auf- und abschwellende Gemurmel der Menge. „Da ist noch einer ... oh Gott, er greift nach ihr ... er will sie in die Tiefe stürzen! Warum tut denn keiner was? Schnell, man muss ihr helfen ..." Inzwischen können die Menschen auf dem Platz erkennen, dass es sich um eine Frau handelt, die dort reglos auf einer Plattform des Baugerüsts ausharrt. Hinter ihr ist ein Mann erkennbar. Noch hält er sich im Hintergrund, doch von Zeit zu Zeit zuckt seine Hand hoch, als wolle er sie stoßen, traue sich angesichts all der Zeugen aber nicht, sein schändliches Vorhaben in die Tat umzusetzen.

„Nicht! Tun Sie's nicht!", schreit jetzt eine Frau aus der Reisegruppe, lässt sich auf die Knie nieder und ringt die Hände vor der Brust. Tränen strömen ihr übers Gesicht, immer verzweifelter schüttelt sie den Kopf. „Bitte nicht!", flüstert sie, und als ihr

Mann ihr aufhilft, ihr den Arm um die Schulter legt und sie hinüber zu einer der weißen Bänke führt, wendet sie immer wieder den Blick, während sich ihre Lippen wie in einem stummen Gebet bewegen.

Der Wehrführer, ein stämmiger Mann um die Fünfzig, wortkarg, doch kompetent, steht inzwischen breitbeinig mitten auf dem Platz. Bewaffnet mit einem Fernglas beobachtet er, wie sich jetzt hinter dem Mann dort oben auf dem Baugerüst etwas bewegt. Der Wehrführer verharrt einen Augenblick, dann senkt er das Glas, nickt seinen Leuten unauffällig zu und flüstert ein paar Worte in das knisternde Walky-Talky, das er vom Gürtel seiner Uniform nimmt - Zwei Polizistinnen, die sich bisher diskret im Hintergrund gehalten haben, kommunizieren offensichtlich über Bluetooth mit einem Kollegen im Turm, denn ihre Blicke wandern immer wieder in die Höhe und zurück zu den sechzehn Feuerwehrleuten, die, das Sprungtuch fest umklammert, auf den Einsatzbefehl warten. - Die Frau auf der Bank, die sich mittlerweile in der Jacke ihres Mannes verkrallt hat, schluchzt haltlos.

Hauptkommissar Maiburg und die Psychologin Kesselhuth sind die Wendeltreppe im Turm hinauf gehastet, haben sich an der gekalkten Wand abgestützt und den Drehwurm ignoriert, der sich ihrer spätestens nach den ersten einhundertfünfzig Stufen bemächtigte. Jetzt stehen sie, die Hände auf die Knie gestützt und vornüber geneigt, bemüht, nicht zu keuchen, auf gleicher Höhe mit der Plattform des Baugerüsts, auf dem immer noch die Frau steht, hinter sich einen Mann. Die Frau steht da, umklammert die metallene Querstange vor ihrem Bauch, starrt in die Tiefe und regt sich nicht. Der Mann hinter ihr, gekleidet in Jeans, Lederblouson und Turn-

9

schuhe, hat sich hinter ihr aufgebaut und die Arme nach ihr ausgestreckt, ohne sie zu berühren. Die dunkelblonden Haare im Nacken sind zu lang, sie stippen auf den Kragen, und der Hosenboden der verblichenen Jeans hängt ihm in den Kniekehlen. Von der Frau ist nicht viel zu sehen, sie scheint klein und schmächtig zu sein, hin und wieder erfasst eine Brise ihren weiten geblümten Sommerrock und lässt ihn auffliegen.

Maiburg zieht die Pistole aus dem Gürtel, doch ehe er sie entsichern kann, hat Kesselhuth ihm unmissverständliche Zeichen gemacht. ‚Warte noch‘, heißt das, ‚hör doch mal ...‘ Und während sie versuchen, wieder zu Atem zu kommen und ihre rasenden Herzen und das Pfeifen in ihren Lungen unter Kontrolle zu bringen, lauschen sie hinaus auf die vibrierende Plattform, deren hintere Kante in kurzen Abständen an der dicken Backsteinmauer des Turmes entlang schrammt.

„Du hast es geschafft!", raunt der Mann der Frau über die Schulter ins Ohr, „du hast es wirklich geschafft! Zehn Minuten hatten wir gesagt, jetzt waren es schon achtzehn. Du kannst jetzt loslassen, Margit ... ganz langsam, ich bin da. Ich steh direkt hinter dir, ich bin ganz nah bei dir. Lass jetzt los, Margit, du hast es geschafft ..." Bei diesen Worten spannen sich Maiburgs Kiefermuskeln an, er nimmt die Pistole in beide Hände und zielt. Von hinten legt Kesselhuth ihm sanft eine Hand auf die Schulter, schüttelt schweigend den Kopf, als er sich nach ihr umsieht und wiederholt ihre Aufforderung, abzuwarten.

„Jetzt musst du nur noch die Füße bewegen", murmelt der Mann, und Maiburg entsichert seine

Waffe. Ohne sich umzusehen, macht der Mann ihm mit der flachen Hand Zeichen, sich zurückzuziehen, dann fasst er mit beiden Händen die Unterarme der Frau, löst behutsam ihren Griff von der Metallstange und nimmt ihre Hände in seine. „Genau - genauso hast du es geübt! Wunderbar, Margit, du schaffst das! Du brauchst dich nicht umzudrehen, heb einfach den Blick und lass ihn über die Dächer wandern, sieh weit hinaus in die Ferne ... genau ... lass die Schultern sinken, atme ein paar Mal langsam ein und aus ... ein und aus .... wunderbar. Und jetzt sag deinem linken Fuß, dass du ihn anheben willst - ja, genauso. Heb ihn an und setzt ihn zurück. Prima. Und nun der rechte: Heb ihn an und setz ihn zurück. Gut. Und der linke ... und zurück. Und noch einmal der rechte ... Wunderbar. Und nun dreh dich langsam um ...“

Und wie in Trance wendet die Frau, die nun die Plattform des Baugerüsts verlassen und wieder festen Boden unter den Füßen hat, sich um. Sie ist kalkweiß, ein schimmernder Schweißfilm liegt auf dem herzförmigen Gesicht, doch die blauen Augen funkeln triumphierend und den Mund umspielt ein glückliches Lächeln. Und als sie jetzt tief Luft holt, nach der Hand des Mannes greift und leise schwankt, lacht sie kurz auf, lässt sich an seine Brust sinken und schließt für einen kleinen Moment die Augen. „Ich hab's geschafft“, flüstert sie, „ich hab's geschafft ...“

Und während der Mann ihr fürsorglich einen Arm um die Schulter legt und seine Finger mit ihren verschlingt, lächelt er Maiburg und Kesselhuth zu. Auch auf seinem Gesicht glänzt der Schweiß, die Haare kleben ihm an den Schläfen. Tief atmet er durch, nickt zurück zur Plattform des Baugerüsts, die in der Brise leise hin und her schwankt, und sagt: „Bewältigung extremer Höhenangst, 1. Lektion! Wir sind zufrieden.“

... aber bitte mit Sahne

Schon als sie sich dem Tisch unter den dichtbelaubten Zweigen der alten Kastanie nähern, fällt ihr die Frau am Nachbartisch auf. „Dame" hätte ihre Mutter sie genannt, sie unterscheidet da ganz penibel. Und diese Dame strotzt nur so vor Damenhaftigkeit: Anfang Vierzig, schlank, sportlich, elegant; mindestens ein Meter fünfundsiebzig groß. Helle, schmal geschnittene Hose aus fein gewebtem Leinen, die taillenkurze Jacke dazu sorgfältig über die Stuhllehne gehängt. Kornblumenblaues Seidentop, farblich aufeinander abgestimmte Highheels und Schultertasche, lässig ans Tischbein gelehnt. Das weizenblonde Haar gut schulterlang, so dass es beim Neigen des Kopfes das perfekt geschminkte Gesicht mit schimmernden Locken umspielt.

Am ausgestreckten, locker auf der Tischkante abgelegten Arm ein massives, rotgoldenes Gliederarmband mit Medaillon - ein Erbstück, der Kenner sieht es sofort. Und in der Hand, die feingliedrig und mit langen, pastellfarbenen Nägeln automatisch ihren Neid erweckt, ein Kindle. Touchscreen. Die Dame scheint den aufgerufenen Text nur so zu überfliegen, denn alle paar Sekunden schiebt ihr unglaublich gepflegter Zeigefinger ihn weiter. Wann immer sie den Kopf hebt, sieht man, wie sich tiefschwarze, lang geschwungene Wimpern über aquamarinblauen Augen senken.

„Nehmen wir den?", fragt Richy, während er sich schon auf einen der Bistrostühle fallen und dabei einen leisen Rülpser hören lässt. „Is jedenfalls schattig hier", fügt er hinzu und schiebt den gegenüberliegenden Stuhl für Lara mit dem Fuß unterm

Tisch hervor. Er liegt mehr, als dass er sitzt, legt die auch bei diesen Temperaturen in Stiefeln stecken-den Füße über-einander, zieht die Sonnenbrille auf die Nasenspitze und inspiziert ungeniert seine Um-gebung. Beim Anblick seiner Tischnachbarin zieht er verächtlich schnaubend einen Mundwinkel herunter. Als Lara ihren Stuhl auf dem strahlend weißen Kies zurechtgerückt, ihre Umhängetasche über die Lehne gehängt und endlich Platz genommen hat, bläst Richy eine letzte Blase mit seinem Kaugummi und klebt es dann unter die Tischplatte. Lässig trocknet er die schweißnassen Hände an der speckigen Le-derhose ab. „Voll das Klischee hier, oder?", sagt er und grinst Lara fröhlich an. „Echt geil, oder?"

Lara reagiert nicht, sie fächelt sich mit der Eiskarte Luft zu und starrt zu der Dame hinüber. Richy scheint das nicht zu stören, er raisoniert un-beirrt weiter. „Kaffeeklatsch im Grünen, ich glaub's ja wohl nicht! Fehlt ja wohl nur noch der Pekinese unterm Tisch und die Omma mit Spitzenhandschu-hen und Fächer, oder was?" Er spricht laut, zieht mit sattem Sound die Nase hoch und reibt sich ge-räuschvoll die Hände. „Okay! Okayokayokay! Dann lass mal sehen, was die hier so zu bieten haben." Noch immer sagt Lara nichts, fächelt Luft und starrt.

Auch Richy hat sich jetzt einer Karte bemäch-tigt, überschlägt routiniert die Seiten mit Speisen und Desserts und bleibt bei den Spirituosen hängen. Anerkennend schnalzt er mit der Zunge, nickt er-freut und sagt: „Na kuck mal einer an! So'n kleines Ducksteinchen, das ist doch jetzt grad mal der rich-tige Einsteiger, oder was sagst du?" Er wartet Laras Antwort nicht ab, zwirbelt vergnügt die überhäng-enden Enden seines Schnauzers und lässt die Blicke schweifen. „Wirtschaft!", brüllt er, und Lara fährt zusammen.

Die Dame am Nebentisch zuckt nicht mit der Wimper, wechselt nur den Kindle von der linken in die rechte Hand und neigt den Kopf etwas weiter zur Seite, so dass ihr Haar das Gesicht verhüllt. Richy macht der Serviererin Zeichen, ihre Schritte knirschen auf dem Kies. Als sie neben dem Tisch stehen bleibt, umklammert sie das Silbertablett mit beiden Händen und bläst sich hastig eine Ponysträhne aus dem Gesicht. Sie ist höchstens sechzehn, trägt noch den Babyspeck mit sich herum und zu dunkles Make up auf der pubertären Akne. „Ja, wen haben wir denn da?", dröhnt Richy und setzt sich halbwegs auf. „Hallo, schöne Frau, wie geht's denn immer so?" Die Serviererin errötet, dreht das Tablett in den Händen und flüstert: „Was darf's denn sein?" Sie senkt den Blick, lässt ihn mit flatternden Lidern verstohlen über seine Tätowierungen gleiten. „Ein schönes großes Duckstein!", strahlt Richy und zeichnet mit schwieligen Händen die Form des bauchigen Glases in die Luft. „So zum Einstieg erst mal. Und dazu ein Jägermeisterlein." Verheißungsvoll zwinkert er ihr zu. Sie versucht, sich das Lächeln zu verbeißen und nimmt die Bestellung wortlos entgegen, dreht sich um und will schon gehen, als Lara - schärfer als beabsichtigt - sagt: „Und ich! - hätte gern den Kasawubu-Becher für Zwei, mit ner doppelten Portion Soße, okay? Karamell-Soße, wenn's geht." Die Kleine nickt, dreht sich um und hastet über die Terrasse davon. Richy grinst. „Süß, oder?" Er leckt sich die Lippen, und Lara wendet sich ab. Unverwandt ruht ihr Blick auf dem Nachbartisch.

Schließlich wird es selbst Richy zu dumm. „Was starrste denn da immer so rüber?" Er dreht den

Kopf und reckt das Kinn. „Kennste die Tussi?" „Pscht!", macht Lara und tritt ihm unterm Tisch gegen das Schienbein. „Geht's noch ein bisschen lauter?" Sie legt die Unterarme auf den Tisch und winkt Richy mit dem gekrümmten Zeigefinger zu sich heran. Er zeigt ihr einen Vogel.

„Nun komm schon, ich muss dir was sagen", faucht sie und reckt sich ihm entgegen. Er nimmt den Zahnstocher aus dem Mund, faltet die Beine unter seinen Stuhl und schiebt den Kopf zur Tischmitte. „Siehst du das Sahnekännchen?", flüstert Lara. „Was`n fürn Sahnekännchen?", röhrt Richy und sieht sich suchend um. „Mann, schrei nicht so!" Lara presst die Lippen aufeinander und weist unauffällig auf den Nebentisch. „Das Sahnekännchen von der Tussi da drüben! Genau das fehlt mir noch", zischt sie und spürt selbst, dass ihre Stimme vor Aufregung kiekst. „Was meinst du, wie lange ich hinter dem schon her bin? Und jetzt steht es da ... steht da einfach so rum ...." Vor Freude steigt ihr die Röte in die Wangen, und selbst Richy fühlt fast so etwas wie Rührung über soviel Emotion. Trotzdem grunzt er über den Serviettenständer hinweg: „Du meinst doch nicht, dass du noch einen klauen willst? Mann ey, hört das denn nie auf? Wo solln wir denn noch hin mit dem ganzen Mist, häh? Wie viele hast du jetzt? Zwei-hundert? Dreihundert? Ich glaub's ja wohl nicht, ey Alter ey ..."

Lara lehnt sich zurück und lächelt verträumt. Immer wieder gleitet ihr Blick liebkosend über das Sahnekännchen auf dem Nebentisch. Weißes, hochglänzendes Porzellan, bauchige Form mit fein ausgebörteltem Rand. Der kleine Henkel geradezu aufreizend geschwungen, das Ganze kaum vier Zentimeter hoch. Vom Fuß des Kännchens bis hin zum

Goldrand der Ausgusstülle ranken sich zartrosa Knospen in dunklem Blattgrün.

Lara schwebt im siebten Himmel. „Das ist es", flüstert sie ein ums andere Mal, „genau das ist es. Endlich!" Ein letzter Blick voller Zärtlichkeit, dann sieht sie Richy an. „Das ist Nummer 100!", sagt sie fast drohend. „Nummer 100 ist das, klar?, und dann auch noch genau dieses Modell! Weißt du überhaupt, was das bedeutet? Ich bin komplett, Mann - ich bin komplett!" Sie muss die Hände in die Hosentaschen stecken, um nicht jubilierend auf dem Tisch herumzutrommeln, und dann beißt sie sich auf die Lippe und versucht, das Glucksen in ihrer Kehle wieder hinunterzuschlucken. Richy hat sich wieder zurück gelehnt, streckt die Beine unter den Tisch und die Hände in die Hosentaschen. Sein Mund steht ein wenig offen.

Die Servieren steuert auf ihren Tisch zu. Sie hält das Tablett mit beiden Händen, die Zungenspitze zwischen die Lippen geklemmt. Auf der Oberlippe glänzen winzig kleine Schweißtröpfchen, sie bemüht sich, Richy nicht anzusehen. Mit beiden Händen umfasst sie den riesigen Eisbecher, stellt ihn vor Lara ab und legt einen langen, in eine Serviette gewickelten Eislöffel dazu. Richy streckt ihr die Hände entgegen und sorgt dafür, dass er mit dem Zeigefinger ihr Handgelenk streift, als er ihr das Bier abnimmt. Die Kleine fährt zusammen wie bei einem Stromstoß, reicht ihm hastig den Jägermeister und will gerade den Rückzug antreten, als Lara eine Erleuchtung hat: „Ich möchte noch einen Kaffee", sagt sie überlaut und schnell, „ein Kännchen, ja, ein Kännchen Kaffee.." und ertappt sich dabei, wie sie mit dem Finger auf die Dame am Nebentisch zeigt. Richy kapiert jetzt gar nichts mehr. „Hä?? Du und

Kaffee? Seit wann trinkst du Kaffee ...?" Lara verdreht die Augen. „Überleg mal", sagt sie und hebt die Handflächen gen Himmel. „Zum Kaffee gehört Sahne, oder? Sahne bekommt man im Kännchen, oder? - Na, also!"

Umso größer ist ihr Entsetzen, als die Serviererin das Bestellte bringt: Das Gedeck ist designermäßig durchgestylt, sowohl die schlicht weiße Tasse als auch die Kanne als auch das Sahnekännchen sind zu schräg verformten Röhren mutiert, die sich auf quadratischer Grundfläche einander fast aggressiv zuneigen. Keine Röschen. Kein Goldrand. Kein zart geschwungener Henkel. Lara starrt und schluckt, Richy trinkt sein Bier auf ex.

„Okay." Sie rammt den langen Löffel ins Eis, reißt ihn wieder heraus und zieht ihn quer durch den Mund. Eisreste wischt sie sich mit dem Handrücken von der Backe. „Ich kann auch anders", knurrt sie, versenkt den Löffel erneut im Becher und schiebt Richy den Kaffee hinüber. „Ey, was soll das?", raunzt er sie an. „Das wirft mich um Lichtjahre zurück, oder was?" „Mir doch egal", mault Lara, „du weißt doch, dass mir von Kaffee immer schlecht wird." Aus dem Augenwinkel beobachtet sie die Dame am Nebentisch. Sobald die aufsteht, wird sie zur Stelle sein, das steht fest. Doch die Dame hat Zeit, viel Zeit, wie es scheint. Hin und wieder rührt sie mit dem Kaffeelöffel in der Tasse, wobei sie den kleinen Finger andeutungsweise abspreizt. Lara rümpft die Nase. Sie wundert sich, wie lange man sich an einem Kännchen Kaffee aufhalten kann. Doch jetzt winkt die Dame der Serviererin, Lara hofft, dass sie endlich zahlen will und geht.

Die Dame hat ihre Tasche auf den Tisch gestellt, klappt sie auf und greift nach ihrem Handy. Während Lara sich scheinbar konzentriert ihrem doppelten Kasawubu-Eisbecher widmet, beobachtet sie so unauffällig wie möglich, wie die Serviererin ein kleines Silbertablett mit einer weißen Stoffserviette darauf auf den Tisch stellt. Die Dame nickt ihr lächelnd zu, lässt sich jedoch beim Telefonieren nicht stören. Irgendwann holt sie ihr Portemonnaie aus der Tasche - natürlich ist auch das farblich abgestimmt - und lehnt sich entspannt zurück, wobei sie zwar lebhaft, aber dezent weiterspricht. Lara schmeckt von ihrem Eis nicht viel, spürt nur, wie ihr langsam, aber sicher übel wird. Trotzdem wirft sie Richy einen triumphierenden Blick zu, reckt siegesgewiss einen Daumen in die Höhe. Richy verdreht die Augen und spuckt im hohen Bogen aus. „Gleich geht sie ...", raunt Lara, und die Vorfreude macht sie ganz zappelig.

Die Dame beendet ihr Telefongespräch. Sie lässt das Handy in die Tasche gleiten, schließt den Deckel und streicht sich die Haare zurück. Sie zieht die Sonnenbrille aus dem Ausschnitt ihres Seidentops, hängt sich die Tasche über die Schulter und greift nach ihrer Jacke. Mit der Andeutung eines Lächelns nickt sie zu Lara hinüber, dreht sich um und geht.

Das Sahnekännchen ist weg.

Happy-Retirement

Mit dem gewohnten „Schlppp" hat sich die Tür hinter ihm geschlossen. Er steht da, blinzelt in die Sonne und grinst. Feierabend, denkt er, endgültig Feierabend. Mehr als vierzig Jahre hat er dieses „Schlppp" täglich mindestens zweimal gehört – na ja, nicht täglich, er müsste Ferien und Feiertage, Krankheitstage und sonstige Fehlzeiten natürlich abziehen, das müsste er mal ausrechnen, Zeit genug hätte er ja jetzt. Aber - wen interessiert das noch? Ihn nicht, nein - ihn nicht mehr.

Er hängt sich die schwere Tasche über die Schulter, greift nach dem Korb voller Flaschen, Päckchen und Pakete und strebt, immer noch grinsend, über den Hof dem Wagen zu. Nett haben die Kollegen und Kolleginnen es ihm gemacht, ihn beschenkt, besungen und bedichtet, und manche von ihnen hatten tatsächlich feuchte Augen, als sie ihn in den Arm nahmen, ihm alles Gute wünschten und ihm versicherten, wie sehr sie ihn vermissen würden. So was tut gut, das hört doch jeder gern. Na ja, und sie hatten ja wirklich ein tolles Betriebsklima, so was ist heute nicht mehr selbstverständlich. Und wenn er ehrlich ist, musste er bei so mancher Lobrede auf ihn und das, was er den jungen Leuten nun zu treuen Händen übergeben hat, ein wenig schlucken, vierzig Jahre sind eben eine lange Zeit. Trotzdem - die letzten zwei sind ihm lang geworden, der neue Chef, die neuen Moden, die er eingeführt und an die das Team sich immer noch nicht ganz gewöhnt hat, all das hat ihm den Abschied leicht gemacht. Ab heute ist er Rentner, von nun an hat er Zeit!

Ein letzter Blick über die Schulter, ein schnelles Winken zurück zu den Kollegen, die am Fenster stehen, dann ist er weg. Gemächlich lenkt er den Wagen durch die Stadt, ist sich auf angenehme Art bewusst, dass er diesen Weg nun nicht mehr fahren muss, und stellt sich vor, wie ihn zuhaus wohl schon der prickelnd kalte Sekt erwartet.

Er hat die Tür noch gar nicht aufgeschlossen, da umschmeicheln Düfte seine Nase, die ihm das Wasser schnell im Mund zusammenlaufen lassen: Frikadellen! Das hätte er sich denken können, dass sie ihn heut mit seinem Lieblingsessen überrascht. Umso größer ist die Ernüchterung, als sie ihn zwar freudig, aber reichlich flüchtig willkommen heißt. Zwar drückt sie ihn herzlich und küsst ihn inniglich - „Noch nie hab ich einen Rentner geküsst!" - doch dann ist sie auch schon wieder in der Küche verschwunden, wo sie zu seiner großen Enttäuschung nicht etwa in die Pfanne voller Frikadellen schaut, sondern lediglich in einem Topf mit Kürbissuppe rührt.

Nach dem Essen packt er den Präsentkorb aus: Wein, Sekt, Balsamico, Nüsse, Pralinen und Öl. Ein Fotoalbum, zwei Gutscheine, ein Bildband und eine DVD, alles arrangiert sie für ihn auf seinem Gabentisch. Dann geht sie Kaffee kochen, und als er sagt: „Heute Abend müssen wir aber mit Sekt anstoßen", ärgert er sich über ihr wenig emotioniertes „Hmm ... ist gut." Sie trinkt doch sonst so gern Sekt, was soll dann diese lahme Reaktion gerade am heutigen Tage?

Ein wenig schmollend vergräbt er sich hinter seiner Zeitung, als seine große Tochter vor ihm steht, Enkeltochter an der Hand. „Herzlichen Glückwunsch zum Ruhestand, Papi!" Sie drückt und herzt ihn liebevoll, auch die Kleine streckt die Arme nach ihm aus und lispelt ihm ihren Glückwunsch in den Bart. Kaum sitzen sie, erscheint auch Tochter Nummer Zwei, das Baby auf dem Arm. „Herzlichen Glückwunsch zum Ruhestand, Papi!" Er freut sich über ihren spontanen Besuch, hatte er doch gehofft, dass sie diesen besonderen Tag mit ihm verbringen würden. Da jedoch weitere Festakte nicht geplant zu sein scheinen, machen sie alle zusammen einen schönen Spaziergang, dann spielt er Pferd fürs Enkelkind und repariert den Puppenherd, der Opa hat jetzt sooo viel Zeit.

Am großen Tisch ist seine Frau damit beschäftigt, die Wäsche zu falten, die sie soeben aus dem Keller geholt hat. Sie wirft einen Blick auf die Uhr und sagt erschrocken: „Ach, Schatz, ich hab beim Türken Krautsalat bestellt zu 19.00 Uhr. Bist du so lieb und holst den eben ab?" Ergeben nickt er Zustimmung, als Tochter Nr. 1 sich an die Stirn schlägt: „Ach, du Schreck! Jetzt hab ich doch vergessen, Nasenspray zu holen. Aber, Papi, wenn du jetzt sowieso zum Türken fährst, könntest du nicht noch schnell bei der Apotheke vorbeifahren? Danke, du bist ein Schatz!" Zwar hätte er sich diesen Abend, der doch irgendwie SEIN Abend ist, ein wenig feierlicher vorgestellt, doch immerhin gibt's Krautsalat, und dazu hoffentlich Tsatsiki. Gerade zieht er sich die Schuhe an, als Tochter Nr. 2 sich das Baby auf die Hüfte setzt und mit dem Autoschlüssel klappert. „Papi, du würdest wohl nicht auf dem Wege schnell mein Auto betanken? Ach Papi, du bist der Beste!" Wortlos nimmt er ihr den Schlüssel aus der Hand, schnappt sich sein Portemonnaie und geht zur Tür. „Mit mir könnt ihr's ja machen, was?", murrt er, und ärgert sich nun wirklich. Dann fällt die Tür ins Schloss.

Grummelnd sitzt er im Auto, das er nicht kennt, das er noch nie gefahren ist und das wegen der Kälte nicht so will, wie es soll. Er wirft einen Blick auf die Uhr: Zehn Minuten vor sieben. Es hat angefangen zu regnen, und als er den Wagen parkt und die Straße überquert, schlägt ihm die kalte Nässe ins Gesicht. Ich bin mal wieder der Depp, mich kann man ja schicken, was? Er schlägt den Kragen seiner Jacke hoch und stürmt in die Apotheke. Die drei Kunden, die noch vor ihm dran kommen, haben alle Zeit der Welt, und welches Nasenspray er kaufen soll, hat er inzwischen auch vergessen. Eingedenk des Schnupfens seiner Enkeltochter nimmt er das für Kinder, und in Gedanken ist er schon beim Türken. Ob er noch eine Portion Gyros mitnehmen soll? Verdient hätte er es sich, soviel steht fest, schließlich ist heut ein ganz besonderer Tag, SEIN Tag, auf den er über vierzig Jahre hingearbeitet hat, und wenn das anscheinend niemand außer ihm zu würdigen weiß, könnte er selbst sich doch ein bisschen belohnen und beweihräuchern, wenn es sonst schon niemand tut.

Beim Türken geht es schnell, Krautsalat und Tsatsiki stehen für ihn bereit, und ruckzuck steht er wieder draußen vor der Tür. Der Regen ist jetzt in Hagel übergegangen, er zieht den Kopf ein und versucht, den Jackenkragen irgendwie zu schließen, doch eh ihm das gelungen ist, rieseln ihm die Hagelkörner schon den Rücken hinab. Er beißt die Zähne zusammen, dass es nur so knirscht, haut den Gang rein und fährt zur Tankstelle. Die Dieselzapfsäule ist zwar frei, jedoch auch nur noch halb überdacht, und während er dem Wetter den Rücken zukehrt, flucht er innerlich über das unglaubliche Tankvolumen dieses Wagens. Mit steifen Fingern hängt er den Zapfhahn schließlich ein, zahlt und macht sich auf den Weg nach Hause. Ich hätte sie ja auch einfach zum Essen einladen können, denkt er, und jetzt wird er auch noch sauer auf sich selbst. Was für ein Abend - soo hatte er ihn sich irgendwie nicht vorgestellt!

Als er die Haustür aufschließt, bleibt er unwillkürlich stehen. Im Flur brennt nur die kleine Notbeleuchtung, die Tür zum Wohnzimmer ist angelehnt, dahinter ist es dunkel. Er stellt die Taschen in der Küche ab, dann tritt er lauschend in den Flur. Alles ist still. Super, denkt er und reißt sich die nasse Brille von der Nase. Mich schicken sie los, hol mal dies und hol mal das, und wenn du dann pitschnass nach Hause kommst, haben sie sich die Kinder geschnappt und sind weg. Reizend, diese Familie, wirklich reizend. Er setzt die Brille wieder auf die Nase und stößt mit einem Schubs die Tür zum Wohnzimmer auf.

Ratsch! In der Dunkelheit flammt ein Licht auf. Ratsch - noch eines, und noch eins, und noch eins. Schließlich greift einer in die Saiten seiner Gitarre, und wie sie da im Halbkreis unter einer leuchtend bunten „Happy-Retirement"-Girlande vor einem üppig bestückten Buffet stehen, seine Familie, Nachbarn, Freunde, Kollegen, angestrahlt von den Flammen ihrer Feuerzeuge, beginnen sie ihr Ständchen für ihn: „Hört, ihr Leut, und lasst euch sagen: Heute war der letzte Tag! Nun muss er sich nicht mehr plagen, tut nur noch, was er gern mag ..." Und während sie ihm zuprosten und Strophe für Strophe schmettern, wischt er sich lachend eine kleine Träne fort.

Augenblick ....

Ich bin unterwegs auf altvertrauter Straße. Jede Kurve ist mir bekannt, jedes Schlagloch, jeder Baum und jeder Strauch. Hundert mal bin ich diese Strecke gefahren - ach, was sag ich: tausend mal mindestens. Ich fahre ruhig und sinnig, reagiere automatisch und bin in Gedanken ganz weit weg.

Als ich an die Kreuzung komme, an der ich nach links abbiegen und regelmäßig auf den Verkehr aus der Ortschaft rechts von mir warten muss, geht direkt vor mir auf dem Gehweg neben der Straße eine Frau mit ihrem Hund spazieren.

Es ist sonnig heute, sonnig, aber kalt. Gerade mal null Grad, sagt das Thermometer meines Wagens. Die Frau dort ist ziemlich genau in meinem Alter, trägt eine Brille wie ich, Wanderstiefel wie ich, eine Wollmütze wie ich. Und an der Leine führt sie ihren Hund: Er ist groß, er ist stattlich, er ist jung. Er ist ein Berner Sennenhund, glaube ich, oder ein Leonberger? - und er ist geschoren! Weiß der Himmel, was ihm widerfahren ist, dass er mitten im Winter geschoren werden musste, aber er trägt es mit Fassung. Nein, er trägt es nicht nur mit Fassung, er trägt es voller Stolz! Er weiß, wie schön er ist, wie jung, dynamisch, kraftvoll und muskulös er aussieht mit seinem Kurzhaarschnitt, der das Braun, das Schwarz und das Weiß seines welligen Fells zum Leuchten bringt, und er setzt die Pfoten ganz betont eine vor die andere, er tänzelt beim Gehen lässig vor und zurück und trägt dabei den Kopf mit den kurzen Schlappohren stolz empor gereckt. Sein Blick ist weit voraus geeilt, ein Lächeln umspielt seine Lefzen, fast geht es schon in ein Grinsen über, und ich, die ich an der Kreuzung habe anhalten müssen, sitze in meinem Wagen, lasse die Hände auf dem Lenkrad ruhen und sehe den beiden zu, wie sie da als Einheit, als etwas vollständig Ganzes und aufeinander Eingeschworenes ihres Weges ziehen, und sein Lächeln springt direkt auf mich über.

Die Frau sieht kurz zu mir her, unsere Blicke treffen sich, sie sieht wieder weg. Doch noch während ich voller Freude den federnden Gang ihres Hundes betrachte, die Leichtigkeit, mit der er neben ihr her trabt und die Innigkeit, die ihn an ihrer Seite hält, kehrt ihr Blick zu mir zurück in der Sekunde, in der mein Mund voller Bewunderung die Worte formt: „... ist der schön!"

Wir sehen uns an, einen kleinen, klitzekleinen Augenblick lang. Dann nickt sie, lächelt, lacht und fährt ihrem Hund mit der behandschuhten Hand über den kurzgeschorenen Rücken. - Ich fahre an, biege ab und gebe Gas. Doch dieses Lächeln begleitet mich für den Rest des Tages.

Herr Gimpel fährt Bus

Herr Gimpel fährt Bus. Einerseits aus beruflichen Gründen, denn er ist Busfahrer; andererseits aber auch aus Leidenschaft, denn er liebt seinen Beruf. In 28 Dienstjahren hat er gerade mal zwei Tage nicht hinterm Steuer gesessen (abgesehen von Urlaub, Feiertagen und sonstigen dienstfreien Zeiten, versteht sich): Einmal am Todestag seiner Mutter, und einmal am Tag ihrer Beisetzung. Selbstverständlich hatte er an diesen Tagen den Dienst nur mit einem Kollegen getauscht und die versäumte Arbeitszeit schnellstmöglich nachgeholt.

Herr Gimpel hieß natürlich nicht immer „Herr Gimpel". Im Kindergarten war er der „Justus", und in der Schule dann nur noch der „Simpel". Irgendwann nannten ihn sogar die Lehrer so, und sein Abschlusszeugnis nach der zehnten Klasse musste er tatsächlich neu schreiben lassen, weil die Schulsekretärin auch in diesem Dokument „Justus Simpel" die Mittlere Reife bescheinigt hatte.

Herr Gimpel war groß, so groß, dass er jedes Mal, wenn er durch eine Tür schritt, automatisch den Kopf einzog. Früher war er sehr schlank gewesen, fast dürr, und sein schwarzes Haar, das sich nicht bändigen lassen wollte und ihm jede Mütze, die er zu tragen versuchte, langsam aber sicher vom Kopf schob, hatte er irgendwann, sozusagen als Strafmaßnahme, raspelkurz schneiden lassen. Seine rosigen Wangen, auf denen der Bartwuchs sich bescheiden zurückhielt, hatten sich im Laufe der Jahre gerundet, genauso wie sein Bauch. Das stundenlange Sitzen hinterm Steuer, die mangelnde Bewegung und die dem Schichtdienst geschuldeten unregelmäßigen Mahlzeiten hatten mit der Zeit aus dem dünnen Herrn Gimpel einen dicken Herrn Gimpel werden lassen, der manchmal verhalten ächzte, wenn er sich hinters Steuer seines Busses klemmte. Dann konnte man ihm die Anstrengung ansehen: Seine Wangen und sein Hals, ja sogar die unter dem geöffneten Hemdkragen sichtbare Brust färbten sich erst rosa, dann rot, und mit dem immer noch tiefschwarzen Haar auf dem Kopf und den flinken braunen Augen konnte man meinen, dass er seinen Namen wohl zu Recht trug: Herr Gimpel zeigte zumindest manchmal eine gewisse Ähnlichkeit mit seinem gefiederten Namensvetter.

Schon von jeher fuhr Herr Gimpel die Linie 101. Es war die längste Strecke überhaupt, und sie führte vom Jütlandring einmal quer durch die ganze Stadt, am Hauptbahnhof vorbei, auf die Ostseite hinüber und bis zum Heidberg in Heikendorf. Die Fahrt dauerte exakt siebenundfünfzig Minuten, und nur wenn sie mal wieder irgendwo auf der Strecke eine Baustelle aufgemacht hatten oder es, was auch schon vorgekommen war, einen Unfall gegeben hatte, war es Herrn Gimpel nicht möglich gewesen, diese Zeit einzuhalten.

Auch seine Frau Helga hatte Herr Gimpel in seinem Bus kennengelernt. Sie war stets im Westring ein- und am Klausdorfer Weg wieder ausgestiegen. „Das letzte Stück geh ich zu Fuß", hatte sie gesagt und den Weg zur Ellerbeker Schule eingeschlagen. Sie war Lehrerin, und vom ersten Tag an war Herr Gimpel vom tiefen Blau ihrer Augen, der exakt gezeichneten Linie ihrer Lippen und dem kühnen Schwung ihrer Augenbrauen fasziniert gewesen. Wenn sie aus dem Bus geklettert war, den Riemen ihrer schweren Schultasche quer über die

Brust gehängt und die Hände in die Taschen gesteckt hatte, konnte er sich nicht satt sehen an ihrem energischen Gang, der sportlichen Figur und dem Wippen und Schwingen ihres weizenblonden Pferdeschwanzes, und einmal hatte ein Werftarbeiter, der alte Manni, ihn sogar in die Seite puffen müssen, damit er die Türen schloss und weiterfuhr.

Eineinhalb Jahre lang freute Herr Gimpel sich jeden Morgen auf die Haltestelle am Westring und jeden Mittag oder auch Nachmittag (ihren Stundenplan hatte er immer sehr schnell herausgefunden) auf die Haltestelle am Klausdorfer Weg - aber es fehlte ihm der Mut, sie anzusprechen. Vom Blick auf ihre Monatskarte wusste er natürlich längst, dass sie Helga hieß - „Helga Buntschuh", was ihm anfangs jedes Mal ein kleines Lächeln entlockt hatte, wenn sie ihm den Ausweis beim Einsteigen in seinen Bus zeigte. Irgendwann hatte er natürlich nicht mehr auf den Ausweis, sondern nur noch in ihre strahlend blauen Augen geblickt, und das Lachen darin, das mit der Zeit auch in ihren Mundwinkeln zuckte, hatte ihm die Röte ins Gesicht getrieben. Denn Herr Gimpel war schüchtern, sehr schüchtern sogar.

Und so war es nach eineinhalb Jahren Busfahrens denn auch Helga gewesen, die Herrn Gimpel erst ins Kino und dann ins „Heinrich VIII." einlud, und er brauchte lange, um Mut für die Gegeneinladung zu sammeln: Dann aber führte er sie erst in die Pizzeria und dann ins „Tamen-T".

Inzwischen waren Herr Gimpel und Helga fast zwanzig Jahre verheiratet, und wenn er sie jemandem mit einer leichten Neigung des Kopfes und den zärtlichen Worten „meine Frau" vorstellen konnte, platzte er immer noch vor Stolz. Kinder hatten sie nicht, denn Helga war der Ansicht, dass sie, die tagein tagaus mit unzähligen fremden Kindern zu tun hatte, nicht auch zuhause noch von ihnen in Beschlag genommen werden müsse, und Herr Gimpel war es zufrieden - die Stunden mit Helga waren ihm so kostbar, dass er sie nicht unbedingt noch mit einem oder gar mehreren Kindern hätte teilen müssen.

Und so fährt Herr Gimpel Bus - glücklich und zufrieden, jahrein, jahraus. Was auch immer ihm im Laufe seines Arbeitstages passiert, er nimmt es mit nach Hause in dem sicheren Bewusstsein, jedes Problem, jede Begebenheit und jede Beobachtung mit Helga besprechen zu können. Und Probleme hat nun mal leider auch Herr Gimpel:

Das spektakulärste Erlebnis in seiner Laufbahn als Busfahrer hatte er vor drei Jahren, als eine blutjunge, hochschwangere Frau sich am Göteborgring mühte, seinen Bus zu besteigen. Erstaunlich behende hatte Herr Gimpel sich hinter seinem Lenkrad hervorgewunden, sich zu der werdenden Mutter hinuntergebeugt und ihr eine helfende Hand gereicht. Aufatmend hatte sie sich auf dem nächstbesten freien Platz niedergelassen, doch nur, um plötzlich aufzuschreien: Unter ihrem Sitz bildete sich eine stetig wachsende Pfütze, die junge Frau krümmte sich, hielt sich den Bauch und wimmerte hinter zusammengepressten Lippen - die Wehen hatten eingesetzt. Und während sich zwei ihrer Sitznachbarinnen liebevoll um sie kümmerten, sie zu beruhigen versuchten und zum gleichmäßigen Atmen zu bewegen, griff Herr Gimpel zum Mikrophon und meldete der Zentrale: „Hier 101. Bin im Kronshagener

Weg, weiche von der Route ab und steuere Krankenhaus an. Ende." Und als der krächzende Protest aus dem Lautsprecher nicht enden wollte, legte er kurzerhand den Schalter um und schnitt der Stimme das Wort ab. Stattdessen setzte er einen Notruf ab: „Achtung, Achtung! Habe Gebärende an Bord, steuere Städtisches an. Wer immer in der Nähe ist, bitte Hilfe zum Haupteingang schicken!" Dann setze er den Blinker, bog in die Chemnitzstraße ab und hielt mit quietschenden Reifen vorm Portal des Städtischen Krankenhauses, wo tatsächlich bereits zwei Pfleger und eine Notärztin mit einer Trage auf Rädern bereitstanden.

Herr Gimpel sprang geradezu hinter seinem Lenkrad hervor, nahm die mittlerweile schweißgebadete junge Frau behutsam auf die Arme, stieg die Stufen hinunter und bettete sie langsam und vorsichtig auf die Bahre. - Als er, sich selbst den Schweiß von der Stirn wischend, seinen Bus wieder bestieg, brandete nicht enden wollender Applaus der Fahrgäste auf, und Herr Gimpel wurde rot, wie bei seinem gefiederten Namensvetter zog sich die Röte über seinen Hals bis hinein in den Hemdkragen auf den Ansatz seiner massigen Brust.

Diese Aktion brachte ihm als erstes eine Abmahnung ein und dann einen Vermerk in der Personalakte. Dann aber schilderte ein langer Artikel - mit Bild - auf der Titelseite der Kieler Nachrichten die Ereignisse dieses Morgens: „Beherzter Busfahrer als rettender Engel gefeiert", und anlässlich der anschließenden öffentlichen Belobigung wurde Herr Gimpel noch einmal rot.

Und dann ist da die alte Frau Nansen. Seit fast sechs Jahren fährt sie zweimal in der Woche mit ihm vom Rathaus bis zum Hauptbahnhof, um dort in die Linie 51 umzusteigen und bis zum Südfriedhof zu fahren. Um 9.07 Uhr steigt sie ein, um 9.13 Uhr wieder aus - niemals jedoch, ohne ihm freundlich zuzulächeln, ihn mit Namen anzureden und sich höflich zu bedanken. Er mag diese kleine, zerbrechliche Frau, die sich tapfer auf ihren Stock stützt und der Last der Jahre, die sie tief gebeugt haben, zu trotzen versucht. Immer trägt sie einen kleinen runden Hut auf dem weißen, lockigen Haar, immer stecken die zarten Hände in weichen Lederhandschuhen. Trotzdem hat Herr Gimpel natürlich längst erkannt, wie die Gicht oder Arthrose oder was auch immer von Woche zu Woche mehr Besitz ergreift von ihr. Schritt sie anfangs noch hoch erhobenen Hauptes aus, muss er ihr heute beim Aussteigen behilflich sein und oft genug dafür sorgen, dass irgendjemand der alten Dame hinüber zur Haltestelle der 51 hilft. Sie sieht schlecht aus, denkt er und winkt grüßend zu ihr hinüber, während er den Blinker setzt. Und als er im Rückspiegel beobachtet, wie sie sich schwankend auf ihren Stock stützt und mit der anderen Hand Halt am Straßenschild sucht, fragt er sich, wie oft sie wohl noch mit ihm fahren wird.

Gerade ist eine Gruppe Halbwüchsiger zugestiegen - natürlich hinten am Ausstieg und ohne einen Fahrausweis vorzuzeigen. Abwartend beobachtet Herr Gimpel die Jungs im Rückspiegel, und erst als sich der erste mit einem reichlich unflätigen Ausruf nach ihm umdreht, hebt er fragend, doch wortlos eine Augenbraue. Die Jungs stöhnen gequält auf, nesteln aber brav die Fahrausweise aus den Taschen ihrer Jeans, schwenken sie einmal kurz durch die Luft und widmen sich wieder ihrer lautstarken

Unterhaltung, während Herr Gimpel die Türen schließt. Das Rufen, Lachen und Grölen der Bande hallt durch den Bus, jeder einzelne tippt mit mindestens einem Daumen auf seinem Smartphone herum, weibliche Passanten werden mit derben Sprüchen belegt, doch die fünf bleiben brav auf der Plattform stehen, rempeln nicht und reichen einer jungen Mutter mit Kind sogar eine helfende Hand. Die Predigt, die Herr Gimpel ihnen vor ein paar Monaten hielt, als er jeweils zwei von ihnen im Schwitzkasten hatte und den fünften mit seinem Bauch ans Fenster drückte, hat ihr Pulver noch nicht verschossen. Ach, komm - die Jungs sind in Ordnung, denkt Herr Gimpel und tippt sich grüßend an die Stirn, als einer nach dem anderen den Bus verlässt.

Seit ein paar Wochen kommen die beiden Kunststudenten nun Hand in Hand herangeschlendert - endlich, lang genug hat es ja gedauert. Herr Gimpel wusste schon lange vor den beiden, dass sie eines Tages zueinander finden würden, auch wenn das Mädchen sich stets so gab, als merke es nichts, und der Junge so tat, als wolle er nichts. Beide kamen für gewöhnlich im selben 51er von der Muthesius-Schule herunter zum Bahnhof, das hatte Herr Gimpel einem Gespräch entnommen, das das Mädchen einmal mit einer Freundin führte. Die beiden saßen auf den Plätzen direkt hinter ihm und unterhielten sich angeregt, so dass er nicht umhin konnte, ein paar Gesprächsfetzen aufzuschnappen. Doch normalerweise saß sie - inzwischen weiß Herr Gimpel, dass sie Laura heißt - auf der Fahrerseite am Fenster, und er - von dem Herr Gimpel nun weiß, dass er Andreas heißt - auf der anderen Seite vom Gang, aber nach Möglichkeit auf gleicher Höhe mit ihr. Sie beobachteten ihre Spiegelbilder in den Scheiben, und mehr als einmal mussten sie sich dabei das Lachen verbeißen. Nun aber, seit Ostern etwa, sitzen sie nebeneinander, halten Händchen, flüstern miteinander, lachen und küssen sich. Sie küssen sich zärtlich, fast vorsichtig, sie fressen sich nicht auf dabei, wie Herr Gimpel es oft genug mitansehen muss, besonders wenn er Spätschicht hat. Nein, Laura und Andreas gehen sanft miteinander um, sanft und liebevoll, und während Andreas mit Lauras langen, schlanken Fingern spielt, legt sie den Kopf mit den braunen Locken vertrauensvoll an seine Schulter. - Es tut Herrn Gimpel immer gut, die beiden in seinem Bus zu wissen.

In der Hollmannstraße steigt Lea zu. Lea ist mittlerweile 13 Jahre alt - sie spielt Geige. Herr Gimpel kennt Lea seit mehr als fünf Jahren. Damals begleitete ihre Mutter sie noch, eine hübsche junge Frau mit riesigen Rehaugen und hohen Wangenknochen. Ein bisschen zu dünn vielleicht, hin und wieder auch ein wenig nervös, doch immer mit liebevoller Aufmerksamkeit ganz bei ihrer Tochter. Lea hat im März Geburtstag, am 14., um genau zu sein: Das hat sie Herrn Gimpel erzählt, damals, vor fünf Jahren, weil sie nämlich schon eine ganze Woche vorher vor lauter Aufregung kaum noch schlafen und an nichts anderes mehr denken konnte, denn sie wünschte sich - eine Geige. Ihre Mutter hatte ihr zwar immer wieder versichert, dass sie sich ein so kostbares Instrument nicht leisten könnten, erst recht nicht den dazugehörigen Unterricht, doch Lea hatte bei diesen Worten die Ohren einfach zugeklappt … für sie war es völlig unvorstellbar, dass dieser Wunsch, der sie seit Jahren zu beherrschen schien, nicht endlich in Erfüllung gehen sollte.

Wie Leas Mutter (ob es einen Vater gab, wusste Herr Gimpel nicht, denn der war weder jemals in Erscheinung getreten noch in Leas Redeschwall vorgekommen) es letztlich bewerkstelligt hatte, ihrer Tochter diesen sehnlichsten aller Wünsche zu erfüllen, blieb Herrn Gimpel ein Rätsel. Nur soviel wusste er, denn das war nicht zu übersehen: Ein glücklicheres Kind als Lea mit dem Geigenkasten im Arm hatte er wohl nie gesehen. Wenn sie im Ostring einstieg, setzte sie sich ganz nach vorn, möglichst dicht an den Einstieg. Hoch aufgerichtet saß sie da, ein verträumtes Lächeln auf dem kleinen Gesicht, zappelte mit den Beinen und hielt den Geigenkasten mit beiden Armen an sich gepresst wie eine Puppe oder ein Schmusetier. In der Hollmannstraße sprang sie auf den Gehweg, drehte sich um und winkte ihm ein fröhliches „Tschüß, Herr Gimpel" zu, bevor sie sich hüpfend und mit wehendem Haar auf den Weg zum Unterricht machte.

Als Lea heute zurückkommt zur Haltestelle in der Hollmannstraße, kann sie nicht still stehen. Schon von weitem sieht Herr Gimpel, wie sie von einem Fuß auf den anderen tritt, in den Knien wippt und immer wieder nach einer Haarsträhne greift, um darauf herum zu kauen. Ob sie mal muss?, fragt sich Herr Gimpel und wundert sich insgeheim, dass die Musiklehrerin Lea nicht auf die Toilette gehen lässt. Doch beim Näherkommen sieht er Leas glühende Wangen, die glänzenden Augen und das Lachen, das jeden Augenblick zu explodieren droht. Die Türen des Busses haben sich noch gar nicht ganz geöffnet, da stürmt sie herein, mit dem linken Arm den Geigenkasten an sich gepresst, in der rechten Hand ein paar Papiere, mit denen sie Herrn Gimpel aufgeregt vor der Nase herumfuchtelt.

„Ich gebe ein Konzert", flüstert sie, und ihre Augen sprühen Funken. „Mein erstes richtiges Konzert, Herr Gimpel ... und das hier sind Freikarten ... und zwei davon sind für Sie!" Sie holt tief Luft, streckt ihm die aufgefächerten Karten entgegen und strahlt jetzt übers ganze Gesicht. „Bitte!", fleht sie und wippt wieder ungeduldig in den Knien. „Bitte, Herr Gimpel, Sie müssen kommen, ja?" Herr Gimpel wird rot - und während er sieht, wie Leas Hand mit den Karten vor Aufregung zittert, streicht er ihr zart über die Wange, nimmt die Karten entgegen und flüstert genauso leise wie sie: „Danke, Lea - danke. Natürlich kommen wir, ist doch wohl klar ..."

Am nächsten Tag schon hat Herr Gimpel Gelegenheit, die Neuigkeit weiterzugeben: Herr Professor Stankowski wartet wie jeden Mittwochmorgen in der Lüderitzstraße auf den 101er, seinen Zwergdackel Anton brav angeleint neben sich sitzend. Wie jeden Mittwochmorgen bückt Herr Professor sich zu Anton hinunter, bevor die Türen des Busses sich zischend öffnen, steigt dann, den Hund im Arm, die Stufen hinauf, ohne sich festzuhalten und wechselt, während er Herrn Gimpel sein Portemonnaie offeriert, ein paar verbindliche Worte mit ihm. „Wie immer, Herr Professor?", fragt Herr Gimpel, während er die Geldbörse entgegennimmt. „Ach, seien Sie doch wieder so freundlich, lieber Herr Gimpel", antwortet der Professor, und während Herr Gimpel die Münzen für den Fahrschein heraussucht, erzählt er dem Herrn Professor von Lea, ihren Fortschritten und der Sensation ihres allerersten Konzertes. „Fabelhaft", freut sich auch Professor Stankowski, selbst ein begnadeter Musiker und jahrzehntelang

35

Dozent an der Musikhochschule. „Was wird sie spielen?", fragt er, indem er sein Portemonnaie zurück in die Manteltasche steckt, aber das hat Herr Gimpel in der Aufregung leider vergessen zu fragen. Wohlwollend lächelnd und den Kopf seines Hundes kraulend, begibt er sich zu seinem Stammplatz rechts vom Gang. Er rutscht zum Fenster hinüber, setzt sich Anton auf den Schoß, und während der Hund aufmerksam den vorbeifließenden Verkehr beobachtet, streichen die feingliedrigen Finger des Professors sanft durch das rotschimmernde Hundefell.

Wie jeden Mittwochmorgen kann Herr Gimpel der Versuchung nicht widerstehen, den Professor immer wieder im Rückspiegel zu betrachten. ‚Das ist ein Herr', denkt er wie schon so viele Male zuvor, ‚ein wirklicher Herr', und sein Blick gleitet über die zarte, fast zierliche Gestalt des alten Mannes, der wohl höchstens noch einen Meter dreiundsechzig misst. Das immer noch volle, mittlerweile schlohweiße Haar ist wie immer glänzend gepflegt, die wachen Augen hinter den Brillengläsern sind verblasst, das ehemals strahlende Blau hat sich zu einem wässrigen Grau gewandelt. Unter dem Kragen des schmalen schwarzen Tuchmantels lugt ein dezent gemusterter Seidenschal in gedeckten Grüntönen hervor, die schwarzen Schuhe sind blank poliert und makellos.

Die Fahrt von der Lüderitzstraße zum Opernhaus ist lang, und in letzter Zeit ist es mehrfach vorgekommen, dass der Professor das Kinn auf die Brust sinken ließ und ein kleines Nickerchen hielt. Dann stand Herr Gimpel bereits an der Haltestelle Lorentzendamm auf, legte ihm sanft seine riesige Hand auf den Arm und gab ihm die Möglichkeit, bis zur nächsten Haltestelle am Opernhaus wieder wach zu werden.

Auch heute muss Herr Gimpel wieder hinter dem Lenkrad hervorkommen, um den Herrn Professor zu wecken. Doch als er ihn wie üblich leise schüttelt, rutscht die Hand des Professors schlaff und leblos auf den Sitz, der Oberkörper neigt sich gefährlich zur Seite und Anton droht, von seinem Schoß herabzugleiten. Vorsichtig richtet Herr Gimpel den leblosen Körper wieder auf, klopft sanft die Wangen des alten Herrn und ruft ihn beim Namen, doch der Professor hört ihn nicht mehr.

Viel viel später, als die Fahrgäste in den angeforderten Ersatzbus umgestiegen und der Leichenwagen die sterbliche Hülle des Herrn Professors abgeholt hat, steht Herr Gimpel mit hängenden Schultern im Busdepot, einen kleinen Hund an seine breite Brust gedrückt. Schließlich steckt er die Nase in das warme Hundefell, hebt das Köpfchen mit dem Zeigefinger an und sieht dem Tier in die tiefbraun schimmernden Augen. „Komm, Anton - gehn wir nach Hause zu Helga."

Und so kam es, dass Herr Gimpel und Helga doch noch „Eltern" wurden.

In der Sauna

Als sie die Tür aufdrücken, nimmt ihnen der Schwall feuchtheißer Luft, der ihnen entgegenschlägt, für den Bruchteil einer Sekunde den Atem. Vermutlich hat gerade vor wenigen Augenblicken jemand einen Aufguss gemacht, denn der Duft von Latschenkiefer und Wacholder legt sich ihnen wie ein unsichtbarer Film auf die Haut und die Lippen.

Britta hat ihre Brille draußen auf das dafür vorgesehene Regal gelegt, doch auch ohne sie erkennt sie, dass die zweite Stufe auf beiden Seiten voll besetzt ist: Sowohl links von der Tür als auch gerade vor ihr reiht sich Handtuch an Handtuch - alle Plätze sind belegt. Auf der obersten Stufe wären noch zwei, vielleicht sogar drei Plätze frei, doch ein kurzer Blick über die Schulter zeigt ihr, dass Johanna sich bereit macht, auf der untersten Stufe Platz zu nehmen. Ein lächelndes junges Mädchen rückt ein Stückchen näher an ihren Nachbarn heran, und mit einem energischen Wink bedeutet Johanna ihr, sich an ihrer grünen Seite einzurichten.

Aufatmend setzt sie sich, sehr darauf bedacht, nichts und niemanden zu berühren. Wie immer in den ersten Minuten ist sie sich bewusst, dass der Körper das Schwitzen erst wieder erlernen muss, dass er dabei einerseits nach Konzentration, andererseits nach völliger Entspannung verlangt, und so besinnt sie sich auf die Haltung, die ihr erfahrungsgemäß beides verspricht: Mit baumelnden Beinen und rundem Rücken sitzt sie auf ihrem Handtuch, die Hände neben den Knien auf die Bank gestützt. Ganz kurz registriert sie, dass der leicht nach vorn gebeugte Rumpf ihre Brüste bis auf den Magen herabhängen lässt, doch tröstet sie sich damit, dass ihre runden Schultern und die durchgedrückten Arme den direkten Einblick verwehren. Den Kopf hält sie leicht gesenkt, damit der sich sammelnde Schweiß über Nase und Kinn ab-tropfen kann, und gerade will sie mit geschlossenen Augen in die Entspannung gleiten, als sich ihr Nachbar zur Rechten geräuschvoll räkelt.

Heftig zieht er die Nase hoch, räuspert sich blubbernd und fährt mit beiden Händen über das triefnasse Gesicht, dass die Bartstoppeln in Schwingung geraten und die Schweißtropfen in alle Richtungen spritzen. Dann zieht er das linke Bein hinauf auf die Bank.

Es wird eng, Britta neigt sich ein wenig Johanna zu. Und während ihr Nachbar nun den linken Arm auf die Kante der zweiten Stufe legt, mit einem leisen Schnaufen den Rücken durchbiegt und den Bauch nach vorn wölbt, sieht Britta aus dem Augenwinkel, wie ihm zwischen den Beinen etwas wächst … ihr entgegen wächst … und gar nicht mehr aufhört zu wachsen. Der Mann ist offensichtlich so damit beschäftigt, sich und seinen schweren Körper in eine bequeme Position zu bringen, dass er gar nicht zu bemerken scheint, wie er den auf der obersten Stufe schwitzenden Herrn mit seinem Halt suchenden Arm bedrängt. Und während er sich wohlig räkelt, sich in alle Richtungen ausdehnt und breit macht, gleitet er immer mehr ab in eine fast liegende Position, wobei er sich Stück für Stück Brittas Handtuch und ihrem nacktem Schenkel darauf nähert.

Sie spürt, wie sie rot wird, noch röter, als die Hitze der Sauna sie sowieso schon gefärbt hat. Der

Mann neben ihr fordert immer mehr Raum, scheint immer mehr aus sich herauszukommen, scheint jetzt, in ihrer Gegenwart, in der Nachbarschaft ihres nackten Körpers erst so richtig aufzublühen, sich so richtig zu entfalten, denn das Ungetüm dort richtet sich auf, nimmt Gestalt und Ausmaße an, die Britta nie für möglich gehalten hätte und die in ihr das schier unbezwingbare Bedürfnis erwecken, aufzuspringen und hinauszurennen.

Während Britta sich immer weiter an Johanna drängt, deren unwirsche Reaktion sie mit entsprechender Zeichensprache abzublocken sucht, während sie sich immer wieder hilfesuchend umsieht, hat sich der Mann bereits über zwei Plätze aus-gebreitet, denn sein Nachbar zur Rechten hat die Sauna fluchtartig verlassen und sich - Britta kann es durch das kleine Fenster in der Tür erkennen - schnur-stracks unter die kalte Dusche begeben. Nun liegt er da, das rechte Bein locker auf dem Boden aus-gestreckt, das linke hochgezogen, angewinkelt und lässig abgespreizt, und dazwischen …

,Ich glaube, mir wird übel', denkt sie. Sie fühlt sich bedrängt, bedroht …. Gerade will sie ihr Handtuch raffen und die Sauna verlassen, als die Tür aufgestoßen wird und eine stämmige, nicht besonders große Frau mittleren Alters eintritt. Auch ohne weitere Sachkenntnis sieht man ihr die passionierte Reiterin an: Breites Gesäß, kräftige Oberschenkel, muskulöse Waden. „Moin!", grüßt sie in die Runde, und ihr Ton ist so fordernd, dass sich jeder hier genötigt fühlt, ihr zu antworten. Einen kleinen Moment lang bleibt sie stehen, lässt den Blick durch die Sauna und über die Bänke wandern, dann wirft sie mit einer energischen Bewegung ihr Handtuch über die Schulter und macht Anstalten, die dritte Stufe zu erklimmen.

Schon hat sie einen Fuß auf die unterste Bank gesetzt, da verharrt sie sekundenlang, und ohne Brittas Banknachbarn auch nur anzusehen, sagt sie über die Schulter zurück: „Schlauch rein!"

Eine Sekunde lang herrscht absolute Stille - atemlose Stille. Dann brechen Prusten, Kichern und Häme über ihn herein, lassen all die Herrlichkeit schneller und unansehnlicher in sich zusammenfallen, als er es sich wohl jemals hätte träumen lassen, und ohne auch nur sein Handtuch mitzunehmen, stürzt er nackt und schutzlos und mit hängenden Hinterbacken davon.

Während die stämmige Frau ihr Handtuch auf der obersten Stufe ausbreitet und sich mit völlig unbeteiligtem Gesicht darauf niederlässt, klatschen ihr die Saunabesucher begeistert Beifall. - Britta steht auf, zieht ihr Tuch von der Bank und geht.

Eisblumen

Die Dielen unter seinen Knien vibrieren, als die Schiebetür sich mit dumpfem Grollen öffnet. Die Glasscheibe, auf der die eingeschliffenen Blütenranken das Licht einfangen und vielfarbig brechen, erzittert leise, und mit dem letzten Baustein in der Hand verharrt er, wartet. Sag deiner Mutter, dass ich zum Mittagessen nicht da bin. Ich esse auswärts. Aus dem Augenwinkel beobachtet er, wie die schwarzen, auf Hochglanz polierten Schuhe seines Vaters die sonnenbeschienenen Dielen treten, wie die Hacke des Fußes aufsetzt, mit Konsequenz und Strenge, nur der rechte Fuß wagt beim Abrollen eine leichte Drehung nach außen, bevor er sich wieder hebt. Jede dieser Drehungen hinterlässt drei kleine, ineinanderliegende Kreise im Honigglanz des Holzes. Er hat sie hundertfach gesehen, sie sind ihm vertraut.

Doch, er hat sein eigenes Zimmer, dort könnte er spielen. In aller Ruhe und ungestört. Dort gibt es einen weichen, ebenen Teppichboden, auf dem er sich nicht die Knie wund scheuert und auf dem seine Bauwerke sicherer stehen als hier auf den welligen Dielen. In seinem Zimmer ist er in seiner Welt, umgeben von seinen Tieren, seinen Bildern und Geschichten, von Geborgenheit und Frieden. Von seinem Geruch. Wenn er dort seine Bausteine ausbreitet, um einen neuen Turm, eine neue Brücke zu konstruieren, kennt er jede Unebenheit im Teppich, jeden Krümel und jeden Fleck. In seinem Zimmer ist er nie allein, da wohnt die Sicherheit.

Aber in seinem Zimmer darf er nicht sein. Nicht jetzt. Es wäre feige, sich dort zu verstecken.

Sie brauchen ihn, und sie brauchen ihn hier. Genau hier.

Sag deinem Vater, dass wir heute später essen. Ich bin verabredet. Mit leisem Schmatzen schließt sich die Tür zum Zimmer seiner Mutter, als sie sich auf schmalen Sohlen zu ihm auf den Korridor hinaus dreht. Die Strahlen der einfallenden Sonne lassen die Strümpfe an ihren Beinen aufblitzen, sprühen Funken und verglühen. Der Saum ihres Rockes streift seine Wange, ihre Absätze klacken entschlossen übers Holz. Eilig beugt sie sich zu ihm hinunter, haucht ihm einen Kuss ins Haar und wirbelt zur Wohnungstür hinaus. Die auf den Sonnenstrahlen tanzenden Staubkörnchen saugen sich voll mit ihrem Duft, taumeln zur Erde und frieren dort fest.

Die Leere, die sich dehnt und streckt, sich räkelt und reckt, greift nach ihm, nach dem Licht, seiner Brücke, den Steinen und den Dielen, und reglos hockt er, mit untergeschlagenen Beinen, und wartet, dass sie ihn wieder atmen lässt. Dann steht er auf, langsam und vorsichtig, geht die fünf Schritte zur Tür seiner Mutter und klopft. Herein, wispert er, langt hinauf zur Klinke und drückt sie herab. Die Tür schwingt auf und ihr Duft stürzt sich auf ihn. Fast hätte er gelächelt. Er streckt den Kopf in den Raum und flüstert: Papa ist zum Mittagessen nicht da. Er isst heute auswärts. Er schließt die Tür, lässt den Arm sinken und dreht sich um. Er zählt die Schritte hinüber bis zur Schiebetür. Es sind nur noch zehn. Noch zu Ostern waren es zwölf, er weiß es genau. Er klemmt die Hände mit den abgebissenen Fingernägeln in den Spalt, zerrt mit aller Kraft an der Tür mit den Blütenranken – Eisblumen nennt die Putzfrau sie - und streckt den Kopf hindurch. Er nimmt den Ton aus der Stimme, hebt die Augen nur halb und sagt: Mittagessen gibt's heute später. Mama ist verabredet. Lautlos schließt er die Tür.

Hochzeitstag

Hanne und Frieder sind Inselmenschen - jedenfalls bezeichnet Hanne sich so: „Das Bewusstsein, mich auf einer Insel zu befinden, ist für mich gleichbedeutend mit Ruhe, Frieden, innerer Einkehr und einer wohltuenden Form von Abgeschieden-Sein", sagt sie, und dabei sieht sie aus, als leuchte sie von innen heraus. In solchen Augenblicken sieht Frieder zu seiner Frau hinüber, grinst ein ganz klein wenig herablassend (aber wirklich nur ein ganz klein wenig ...) und nickt gutmütig, sobald ihr prüfender Blick ihn trifft. Das tut er schon seit 40 Jahren.

Und so stand von Anfang an fest, dass sie auch diesen Hochzeitstag, diesen ganz besonderen Hochzeitstag, auf einer Insel feiern würden. Die Anreise war lang und ermüdend, aber nun haben sie sich schon seit ein paar Tagen eingerichtet, die nächste und nähere Umgebung erkundet, sich an der warmherzigen Freundlichkeit der Inselbewohner erfreut und Buchten, Strände und Steilküsten erkundet. - Jetzt heißt es, einen angemessenen Rahmen für das Festtagsmenü zu wählen.

Auch damit haben sie Glück. Nur wenige Minuten Fußweg trennen sie von dem kleinen Restaurant, das auf der stadteinwärts gelegenen Seite der Küstenstraße liegt. Das Studium der Speisekarte lässt ihnen das Wasser im Munde zusammenlaufen, sie schlucken sehnsüchtig und verlangend, während sie von Seafood, Garnelen, Muscheln und Lobster lesen, und ein kurzer Blickwechsel genügt, und sie nehmen Platz an einem kleinen Tisch hinter einer Säule, die sie vom Rest der Welt abschirmt: Der frische Weißwein hat genau die richtige Temperatur, er ist fruchtig, leicht und doch fulminant im Abgang; das mit Knoblauchbutter getränkte Baguette ist leicht angeröstet, kross und knackig, und obwohl sie sich eigentlich den Appetit damit nicht verderben wollen, können sie nicht widerstehen - und plötzlich ist der Korb leer.

Im Laufe ihrer Ehe haben sie sich wortlos darauf geeinigt, niemals beide das Gleiche zu bestellen. Hanne entscheidet sich für ein vegetarisches oder ein Fischgericht, Frieder für ein Fleischgericht. Hier allerdings kann auch Frieder dem Angebot an Meeresfrüchten nicht widerstehen, und bald schon schwelgt er in Jakobsmuscheln im Speckmantel, während sie ein Tomaten-Consommé genießt; kurz darauf teilen sie sich eine Seefischplatte, lassen den dazu gereichten Reis liegen und die zarten Filets auf der Zunge zergehen, und während Frieder sich überschwänglich zu den wirklich ausgezeichneten, knusprigen Pommes frites äußert, gerät Hanne ins Schwärmen beim Genuss der leichten, lockeren Polenta-Würfel, die der Wirt als kleinen Gruß aus der Küche serviert. - Schließlich lockern sie unauffällig die zu straff gespannten Gürtel, bestellen einen doppelten Espresso und lehnen sich zufrieden seufzend zurück.

Mit schräg gelegtem Kopf und fragendem Blick nähert sich der Wirt. „War alles zu Ihrer Zufriedenheit?" Hanne kann nur noch anerkennend seufzen, doch Frieder ergreift die Gelegenheit beim Schopf: „Sagen Sie, Herr Wirt - wir hätten da am Samstag eine kleine private Feier, nur wir zwei, meine Frau und ich, und gerade haben wir beschlossen, diese kleine Feier hier bei Ihnen zu begehen. Sie können uns doch noch unterbringen - am Samstag gegen 19.30 Uhr?"

Der Wirt strahlt. Eine kleine Feier? Ein Jubiläum? Was für eins, wenn man fragen darf? Hanne kann nicht widerstehen, sie ist stolz auf die Jahre, die hinter ihnen liegen, in denen sie gemeinsam und eigentlich doch immer Hand in Hand allen Widrigkeiten und Schicksalsschlägen getrotzt haben, und lächelnd verrät sie es ihm: „Das vierzigste!", und strahlt wie ein Kind unterm Weihnachtsbaum, als er voller Bewunderung in die Hände klatscht.

„Wissen Sie was?" Der Wirt ist Feuer und Flamme: „Da stelle ich Ihnen doch ein ganz besonderes Menü zusammen! Was halten Sie von Scallops als Vorspeise ..." „Aber ohne Speck!", verlangt Hanne, was der Wirt postwendend notiert. „Dazu natürlich Knoblauchbrot und einen frischen, zarten Salat mit einer Himbeervinaigrette ..." „... und diesen göttlichen Polenta-Würfeln, wenn ich bitten darf!", fällt Hanne ihm wieder ins Wort. Der Wirt lächelt geschmeichelt, notiert auch diesen Wunsch und fährt fort: „Als Hauptgang würde ich Ihnen gern einen ganz speziellen Pot au feu servieren, eine Komposition aus verschiedenen Meeresfrüchten auf Tomaten im Kräutersud, raffiniert gewürzt und serviert auf Gemüsereis ..." „Den Reis brauchen wir nicht", konstatiert Frieder rigoros, klopft sich auf den Bauch und ergänzt entschuldigend: „Das hört sich alles schon so lecker an, da brauchen wir wirklich keine Füllstoffe mehr - aber unbedingt eine Flasche von diesem köstlichen Wein!" Verstehend strahlt der Wirt wieder übers ganze Gesicht: „Wie Sie wünschen! Als Dessert kann ich Ihnen unsere Crème brulée empfehlen oder auch unsere Crema catalana, in jedem Fall aber nehmen Sie doch einen Espresso?" „Einen doppelten!", bekräftigt Hanne, und nachdem sie auch den letzten Schluck Wein noch genossen haben, verabschieden sie sich fröhlich winkend: „Bis Samstag, 19.30 Uhr ..." „Ja, wir freuen uns ..."

„Wenn ich nicht so vollgefuttert wäre, würde ich dich glatt zum Tanz auffordern", grinst Frieder, als Hanne auf der Straße mühsam den Knopf ihrer Hose wieder schließt. „Alter Angeber!" Nach vierzig Jahren weiß sie, was sie von solchen Angeboten zu halten hat, greift nach seiner warmen, trockenen Hand und passt sich gewohnheitsmäßig seinem Schritt an. Satt und zufrieden schlendern sie dahin, die Brise, die vom Meer herüber weht, kühlt ihnen die Stirn und lässt sie tief durchatmen. „Ach ja", seufzt Hanne schließlich, „auch wenn ich im Moment noch gar nicht dran denken mag: Ich glaube, sie werden uns am Samstag ein wirkliches Festessen servieren!"

Und als am nächsten Tag das beklemmende Völlegefühl und der schmerzhafte Druck des Hosenbundes wieder auf ein normales Maß geschrumpft sind, fangen sie tatsächlich schon wieder an, sich auf das Festtagsmenü zu freuen und beim Gedanken daran still vergnügt vor sich hin zu lächeln.

Und dann ist es soweit: Festlich gekleidet betreten sie pünktlich und Hand in Hand das Restaurant. Alle Tische sind besetzt, der Wirt und seine Frau wuseln, beladen mit Tellern und Platten, zwischen ihnen herum, der Geräuschpegel ist beachtlich. Doch kaum hat sie sie erblickt, eilt Frau Wirtin ihnen entgegen, schüttelt ihnen gratulierend die Hände und geleitet sie zu ihrem Tisch hinter der Säule, der mit leuchtenden Ballons („Happy Anniversary"), Kerzen und glitzerndem Konfetti geschmückt ist. Begleitet vom neugierig wohlwollenden Lächeln der zunächst sitzenden Gäste nehmen sie ein wenig verlegen Platz.

Der Wirt lässt nicht lange auf sich warten. Wie der berühmte Geist aus der Flasche erscheint er vor ihrem Tisch, klappt mit routinierter Bewegung die Speisekarte auf und drückt die eine Hanne, die andere Frieder in die Hand. Für ein Lächeln ist keine Zeit. „Wissen Sie schon, was Sie trinken möchten?", fragt er und hält Block und Stift parat. „Jaaa", Frieder fühlt sich gerade ein wenig überfahren, schnell wechselt er einen Blick mit seiner ratlos die Stirn krausenden Frau. „Den Wein vom letzten Mal …" Zögernd nickt der Wirt, doch schon ist er wieder entschwunden. „Was war das denn?", fragt Frieder und klappt die Speisekarte geräuschvoll zu, während er beobachtet, wie der Wirt hinterm Tresen kurz Zwiesprache mit der Wirtin hält, wobei er mit dem Kopf andeutungsweise in ihre Richtung weist. Kurz darauf steht er jedoch wieder mit einer Flasche Weißwein und dem dazugehörigen Kühler vor ihnen. Diesmal kredenzt er Hanne den ersten Schluck: Sie lächeln sich vielsagend zu, denn beim ersten Mal hatte Frieder zugegeben, dass ja eigentlich Hanne die Wein-Expertin bei ihnen sei …

Zwei Minuten später steht der Wirt auch schon wieder mit einer Flasche Stillen Wassers vor ihrem Tisch, zückt Block und Stift und fragt: „Sie haben gewählt?" Ratlos starren beide ihn an. Im selben Augenblick fällt am Tisch an der Wand scheppernd eine Karaffe zu Boden, der Wirt fährt herum und entschuldigt sich: „Sorry, bin sofort wieder bei Ihnen …" Die aufgeschlagenen Karten in Händen, sehen Hanne und Frieder sich an. „Ich glaub, ich bin im falschen Film", sagt Frieder und runzelt die Stirn. „Der erkennt uns überhaupt nicht wieder!", Hanne ist sichtlich enttäuscht, ihre Finger sortieren das bunt schimmernde Konfetti auf der Tischdecke. Sie ist nicht nur enttäuscht, sie ist gekränkt. „Der erinnert sich kein bisschen mehr an uns!" Im Licht der leise flackernden Kerzen, das von den über ihnen im Luftzug hin und her wogenden Ballons reflektiert wird, starrt Frieder dem Wirt hinterher, wie er wieselflink zwischen den Tischen hin und her saust, dann zuckt er die Schultern und öffnet die Speisekarte erneut: „Okay, Schatz - is wohl nix mit pot au feu und dergleichen … aber lassen wir uns von dieser Enttäuschung den Abend nicht verderben, essen wir halt à la carte! Kann so schlimm ja nicht werden..."

Und während Hanne noch schmollt und den rotierenden Wirt mit ratlos-gekränkten Blicken verfolgt, steckt Frieder die Nase in die Speisekarte, fängt genüsslich an zu lächeln und leckt sich schließlich befriedigt die Lippen. „Ich glaube, dann nehme ich die Sepias als Vorspeise und den Seafood-Stew als Hauptgericht … und danach sehen wir weiter." Hanne tut sich schwer mit der Entscheidung, ihr ist der Humor vergangen. Die offensichtliche Ignoranz des Wirtes, der ihnen noch vor wenigen Tagen fast freundschaftlich begegnete, hat ihr den Appetit gründlich verdorben. Lustlos blättert sie in der Speisekarte, runzelt die Stirn und seufzt. Schließlich wählt auch sie die Sepia-Vorspeise und gegrillte Scampis auf Knoblauch-Linguine als Hauptgericht, und als der Wirt ihnen im Vorbeirauschen das heiß dampfende Knoblauchbrot auf den Tisch stellt, rümpft sie die Nase: Sämtliche Scheiben sind auf einer Seite schwarz verbrannt.

„Das fängt ja gut an", murrt sie, doch Frieder hält sich an seinen Vorsatz, sich die Laune nicht verderben zu lassen. Er kratzt an den schwarzen Stellen herum, notfalls schneidet er sie einfach ab, und als die Sepias serviert werden, hat er den Korb zur Hälfte geleert.

Der Fisch ist wunderbar: Auf den Punkt gegart, weder zäh noch gummiartig, wie man es so oft hat, wenn er zu heiß angebraten wurde. Er zergeht auf der Zunge, ist geradezu geheimnisvoll abgeschmeckt nicht nur mit einem Hauch von Knoblauch, sondern auch einem Gewürz ... einem Gewürz .... das Hanne kennt, dem sie jedoch vergeblich versucht, auf die Spur zu kommen.

Während sie hinter halbgeschlossenen Lidern den Wirt und seine Frau beobachtet, wie sie zwischen den Tischen hin und her eilen, beladen mit abgegessenen Tellern, Tabletts voller Gläser und bis auf den Grund geleerten Brotkörbchen, kehren ihre Gedanken immer wieder zu ihrem ersten Essen in diesem Restaurant zurück, zu der aufgeschlossenen Freundlichkeit des Wirts und dem Interesse, das er ihnen entgegenbrachte: Wie kann jemand innerhalb von 48 Stunden gleich zwei Gesichter so komplett vergessen? Wie kann ein Wirt, der doch schließlich von Gästen wie ihnen lebt, sich als derartig ignorant entpuppen?

Immer noch zutiefst enttäuscht, schüttelt sie den Kopf, greift nach ihrer Serviette und fährt zusammen, als sich ihr über den Tisch hinweg plötzlich eine Hand entgegenstreckt: „Hallo!" Der Wirt strahlt sie aus grün funkelnden Augen an, ergreift ihre Rechte und schüttelt sie herzlich: „Schön, dass Sie da sind! Und herzlichen Glückwunsch zum heutigen Tage - alles Gute wünsche ich Ihnen! - Ihre Bestellung habe ich natürlich gecancelt, Ihr Pot au

feu erwartet Sie ... schließlich war ja doch alles ab-
gesprochen, nicht?"

Völlig verwirrt lässt sie zu, dass er ihre Hand in
immer heftigere Schwingungen versetzt, starrt ihn
an aus großen Augen und weiß nicht, was sie erwi-
dern soll. Und als er jetzt genauso enthusiastisch
Frieders Hand ergreift, sie ebenfalls herzlich schüttelt und ihn anstrahlt wie einen gerade wiederge-
fundenen Freund, versteht sie die Welt nicht mehr.

„Ich muss mich entschuldigen", lacht der Wirt,
„aber mein Bruder wusste nichts von unserer Ab-
sprache ..." Und mit einer knappen Kopfbewegung
deutet er auf sein Ebenbild, das gerade - drei dampfende Gerichte auf einmal balancierend - mit hoch-
rotem Kopf an ihnen vorbeieilt.

Lost in Speed

Gerade macht er sich bereit, diesen Langweiler da vor sich endlich zu überholen, als hinter ihm der Volvo aufblendet und den Abstand zwischen ihnen demonstrativ verringert. „Was will der denn?", brummt er und starrt sekundenlang in den Rückspiegel. „Mit der alten Karre will der Eindruck schinden? Pffff … Freundchen, und wovon träumst du nachts?" Mit einem herablassenden Lächeln auf den Lippen tritt er aufs Gas, blinkt links und schert aus.

„Na, Bürschchen, da staunst du, was?" Er grinst, lehnt sich lässig gegen die Fahrertür und fährt sich mit der Rechten durch den rotblonden Schopf. „Von einem wie dem lassen wir uns doch nicht ins Bockshorn jagen, was, Ella?" Er wartet die Reaktion seiner Frau gar nicht erst ab, setzt den Blinker und wechselt zurück auf die rechte Fahrspur. „Du sollst mich ja nicht wieder als notorischen Linksfahrer beschimpfen", bemerkt er süffisant, neigt den Kopf dabei leicht nach rechts, lässt aber den Rückspiegel nicht aus den Augen.

„Nun kuck dir das an, Ella!" Geradezu fröhlich schlägt er mit der Hand aufs Lenkrad. „Kaum hab ich die Bahn frei gemacht, da glaubt der Typ, mich überholen zu können!" Er lacht auf und tritt aufs Gas. Der Abstand zum Volvo vergrößert sich erneut, auch der blinkt jetzt und ordnet sich wieder rechts ein. „Ha! Hast du das gesehen, Ella?" Vor lauter Freude schaltet er das Radio ein, dreht es voll auf und trommelt den Takt auf dem Lenkrad mit. Er braucht seine Frau gar nicht anzusehen, um zu wissen, dass sie sich mit verkniffenem Mund und starrem Blick fest in ihren Sitz drückt: Rennfahrten dieser Art sind ihr verhasst, und sobald er schneller als 140 kmh fährt, wird ihr übel. Doch ihm macht die Sache viel zu viel Spaß, um gerade jetzt auf Ellas Befindlichkeiten Rücksicht zu nehmen. Mit beiden Händen umklammert er das Lenkrad, drückt die Arme durch und kann sich gerade noch beherrschen, seinem Kontrahenten den Finger zu zeigen.

Laut und schräg, aber ausnehmend gut gelaunt begleitet er Madonna: „Like a prayer" brüllt er und „… just like a prayer you know I'll take you there", und er überschlägt sich fast vor Lachen: „Hast du gehört, du Affe? ,You know I'll take you there … I'll take you there, Mensch!", und er schlägt sich auf den Schenkel vor lauter Lachen, wobei er sich sicher ist, dass Ella die Doppeldeutigkeit dieser Worte mal wieder nicht versteht.

Doch in diesem Moment blendet der Volvo hinter ihm erneut auf. Er hat die Distanz zwischen ihnen verringert und blendet doch tatsächlich dreimal auf, und im Rückspiegel sieht er, wie der Typ da drin sitzt, wild gestikuliert und offensichtlich laut schreit, wobei er sich am Lenkrad förmlich selbst durch die Frontscheibe zieht. „Jetzt reicht's aber, Kumpel", sagt er, lässt das Fenster herab und hält den Arm raus. Und während er mit der offenen Hand betont lässig nach hinten grüßt, tritt er aufs Gas und will gerade nach links ausscheren, als er im letzten Augenblick noch den Porsche erkennt, der auf der Überholspur herangebraust kommt.

,Okay', denkt er, ,den lassen wir noch vorbei … aber dann!' Doch gerade in diesem Augenblick nähern sich drei Fahrzeuge, aus der Auffahrt kommend, von rechts, während er zu seinem Ärger im Rückspiegel einen Jaguar entdeckt, der es offensichtlich auf den davongebrausten Porsche abgesehen hat: Er kann weder beschleunigen noch auf die Überholspur ausweichen. Das Lachen vergeht ihm, als er den Volvo näherkommen ... und direkt hinter dem Jaguar nach links ausscheren sieht. Er hat soviel Fahrt drauf, dass er sich näher und näher an ihn heranschiebt, er holt auf, Meter für Meter, ist schon fast auf gleicher Höhe mit ihm ... und er hat keine Chance mehr, ihn abzuhängen. Diese drei Schnarchnasen da vor ihm tuckern mit 150 kmh vor sich hin, und links hinten klemmt ihm dieser nervtötende Volvo am Hintern. Es ist zum Verrücktwerden! „Na warte, Freundchen!", grollt er und knirscht mit den Zähnen, „dir werd ich's zeigen ...`

Seine rechte Hand liegt, zur Kralle verformt, auf dem Schaltknüppel, bereit, im nächsten Augenblick herunterzuschalten und den Wagen mit full speed auf die linke Fahrspur zu ziehen. Sein rechter Fuß drückt das Gaspedal immer mal wieder versuchsweise durch, lässt den Motor aufheulen, um dann sofort wieder auf die Bremse zu wechseln. „Mach dir keine Sorgen, Ella - ich hab alles im Griff", beruhigt er seine Frau, ohne sie eines Blickes zu würdigen und eigentlich auch nur, um zu verhindern, dass sie ihm wieder ins Lenkrad greift, wie sie es vor ein paar Wochen schon einmal gewagt hat.

„Der Typ hat verspielt, glaub mir, Ella! Sobald diese Schlafpillen da vorne sich mal erinnern, dass das Gaspedal rechts sitzt - ja, ihr Schwachköpfe! Rechts ist da, wo der Daumen links ist, unter eurem rechten Fuß ... Himmel, Arsch und Zwirn, nun merkt doch mal was ...!"

Völlig frustriert und vor Wut zitternd, betätigt er die Lichthupe, macht seinem Vordermann wilde

Zeichen und schwingt zeternd und drohend die Faust, als er aus dem Augenwinkel etwas Grünes bemerkt, das sich Zentimeter für Zentimeter an ihm vorbeischiebt: Der Volvo! Er hat es geschafft. Er hat seine Chance genutzt, traut sich, wagt es, schreckt nicht davor zurück, sich neben ihn zu setzen ...

Fassungslos sieht er zu ihm hinüber, blickt in das hochrote, angespannte Gesicht der Beifahrerin mit den schnell sich bewegenden Lippen, sieht ihre flach ausgestreckten Hände, mit denen sie ihn auffordert, vom Gas zu gehen, runzelt die Stirn, als sie ihm jetzt mit dem Daumen signalisiert, rechts ran zu fahren, zeigt ihr einen Vogel und wischt sich den Schweiß von der Stirn, als er im letzten Moment registriert, dass der Wagen vor ihm abbremst und die Warnblinkanlage einschaltet - Stau.

Nur wenige Zentimeter vor der Stoßstange seines Vordermannes kommt er zum Stehen, lässt sich mit einem gepressten „Verdammt, das war knapp ..." in den Sitz zurücksinken und schließt die Augen.

Als er sie wieder öffnet, steht der grüne Volvo direkt neben ihm. Und noch bevor er dazu kommt, das Fenster herunterzulassen und seine Tirade hinauszuschreien, öffnet sich die hintere Tür des Wagens einen Spalt breit, und ganz langsam, Stück für Stück, schiebt sich eine Gestalt daraus hervor - eine Gestalt, die ihm schmerzhaft vertraut ist.

Mit seltsam staksigen Schritten geht sie um seinen Wagen herum, steif und hoch aufgerichtet verharrt sie einen Augenblick und grüßt noch einmal zu dem Volvo hinüber, bevor sie die Beifahrertür öffnet. Ohne ihn anzusehen, lässt Ella sich in ihren Sitz sinken, greift nach dem Gurt und schnallt sich an. „Du hast mich in der Raststätte vergessen", sagt sie, und ihre tonlose Stimme verrät ihm, dass ihm das noch leid tun wird.

Anfang von etwas

Ich habe ihr beim Anziehen zugesehen, heute morgen, als das graue Licht sich missmutig durch die Schlitze des Rollladens schob. Ungezählte Male schon habe ich ihr dabei zugesehen, habe den gekrümmten Rücken und die sich übereinander schiebenden Speckrollen ihres Bauches gesehen, habe gezuckt, wenn sie die schweren Brüste packt und in den BH stopft, habe das zweite Kinn unter dem ersten wachsen sehen und wie die Lippen immer schmaler wurden, habe das Knistern ihrer Strumpfhose gehört und das gepresste Stöhnen, mit dem sie die Arme hebt, um sich ins Hemd zu zwängen. Ich kenne die Geste, mit der - unwirsch - ihre zehn Finger ins Haar fahren und es nach hinten zerren. Hab es gesehen und doch auch nicht. Fühlte Bedauern und Groll.

Aber heute morgen nicht. Wahrscheinlich lag es daran, dass sie weinte. Sie hat es selber nicht gemerkt, aber sie weinte. Und als sie sich bückte, in dem grauen Licht, und ihr Rücken sich wölbte in dieser kantigen Rundung, da sah ich sie. Plötzlich. Wann hab ich sie zuletzt gesehen? War es, als sie mich nach dem Unfall im Krankenhaus besuchte, als sie mich stumm und tapfer anlächelte und sagte, wir schaffen das, mach dir keine Sorgen, wir schaffen das schon? War es, als sie uns unser totes Kind nach Hause brachten und sagten, es tut uns leid, wenn wir helfen können, Sie müssen jetzt stark sein, das Leben geht weiter? Oder war es, als wir von der Reise zurückkehrten in unser ausgebranntes Haus, das Haus, das ihr Elternhaus gewesen war, als sie schluckte und sagte, aber wir leben, das ist das, was jetzt zählt?

Seit sie mich in dieses Bett gelegt haben, hab ich sie nicht mehr gesehen. Sie kommt und geht, sie macht und tut, sie kümmert sich. Sie wäscht mich und sie füttert mich. Sie pflegt mich. Bei Ihrer Frau sind Sie in den allerbesten Händen, sagt der Arzt, der Jungspunt, und hat Glück, dass ich mich nicht bewegen kann. Ich bin in ihren Händen. Weiß er, was er sagt? Heute morgen hat sie geweint. Da hab ich sie gesehn.

Bel Ami

Vor der Tür bleibt er stehen. Er will es sich nicht eingestehen, doch sein Herz macht einen Sprung. Ist es das schlechte Gewissen? Ist es Wiedersehensfreude, das gute Gefühl, wieder zuhause zu sein? Er zögert und sieht hinauf zum Himmel. Abnehmender Mond – naja, kein Wunder, dass die Hormone mit ihm durchgegangen sind. Der Große Wagen steht im Nordwesten, wo er hingehört, das beruhigt ihn irgendwie. Er kommt sich lächerlich vor, dass er hier von einem Bein aufs andere tritt wie ein Halbstarker. Eigenartig, so leicht wie noch im Sommer steckt er solche Eskapaden jetzt nicht mehr weg. Egal. Jetzt oder nie. Er atmet tief durch, drückt die Tür leise auf und schiebt sich hindurch. Als sie mit einem klickenden Geräusch hinter ihm zufällt, hält er den Atem an. Doch es rührt sich nichts im Haus, alles bleibt ruhig.

Sein Magen knurrt, doch er ist nervös, in dieser Situation würde er keinen Bissen herunterbringen. Er trinkt einen Schluck Wasser und hockt sich auf die unterste Treppenstufe. Erstmal ankommen. Erstmal sammeln. Jetzt kommt's drauf an, dass er keinen Fehler macht. Drei Tage war er unterwegs. Drei Tage und drei Nächte, das verzeiht sie nicht so schnell. Da muss er sich schon was einfallen lassen, wenn er den Haussegen wieder zurechtrücken will. Richtig geschmollt, so nachdrücklich und anhaltend und aus tiefster Seele, hat sie ja eigentlich noch nie. So, dass sie ihn etwa zur Strafe tagelang ignoriert oder sich völlig von ihm abgewandt hätte. Hin und wieder eine kleine Spitze, eine Stichelei im richtigen Augenblick, wenn sie meinte, dass er sich ihrer zu schnell wieder zu sicher gewesen war, ja, das schon, aber das musste er ihr wohl auch zugestehen. Diesmal allerdings könnte es sein, dass sie sich nicht so leicht besänftigen lassen wird.

Aber die Kleine war's wert – jede Minute mit ihr! Versonnen streicht er sich über den Bart und schmunzelt genießerisch. Klar, ein Kavalier genießt und schweigt, aber von der Kleinen müsste er wirklich Pedro erzählen, so was für sich zu behalten wäre echte Verschwendung. Dabei hat sie's ihm nicht leicht gemacht, oh nein. Seinen ganzen Charme hat er spielen lassen müssen, immer und immer wieder. Und lumpen lassen durfte er sich auch nicht, da war schon diese oder jene Aufmerksamkeit fällig. Natürlich hat er schnell gemerkt, dass sie interessiert war. Interessiert ja, aber routiniert? Nein, im Gegenteil: Erfrischend unverbraucht war sie, irgendwie kostbar. Ja, das trifft's: Kostbar. Aber so hat er sie auch behandelt, von Anfang bis Ende – als etwas Kostbares, etwas ganz Besonderes. Doch, er hat einen Blick für Klasse, ein Gespür für Qualität, das hatte er immer schon. In der Beziehung hat er sich auch nichts vorzuwerfen, da hat's noch keine Klagen gegeben. Ihrer Hingabe erweist er sich würdig, gibt offen zu erkennen, dass er sein Glück zu schätzen weiß – immer dankbar, immer devot. Aber nun ist er zurück, zurück in seinem Alltag. Und den würde er gern ohne große Komplikationen wieder aufnehmen, nur dass das jedes Mal schwieriger wird. Nicht nur für sie. Für ihn selbst auch.

Sie macht sich halt immer Sorgen, so übertriebene Sorgen. Gerät permanent in Panik, jedes Mal mehr. Und wenn sie sich Sorgen macht, ist sie unausstehlich. Rennt rum wie ein aufgescheuchtes Huhn, ringt die Hände, heult und jammert, telefoniert sich die Finger wund, weint sich in den Schlaf ... diese ganze Show, die Frauen in solchen Situationen halt so abziehen. Anstrengend. Anstrengend, ja - aber doch irgendwie auch schmeichelhaft. Und wenn er dann wieder da ist, wenn er dann leibhaftig vor ihr steht, fällt sie vor Freude fast in Ohnmacht, nur um ihm im nächsten Moment Schläge anzudrohen.

Endlich fasst er sich ein Herz und schleicht geräuschlos die Treppe hinauf. Die Tür zum Schlafzimmer ist nur angelehnt, sie wartet also wirklich immer noch auf ihn. Er spürt einen Hauch von Rührung.

Auf Zehenspitzen nähert er sich dem Bett. Gleichmäßige Atemzüge sagen ihm, dass sie schläft. Er schleicht sich an, langsam, sehr langsam und vorsichtig. Dieser Duft! Oh ja, er liebt ihren Duft. Mit halb geschlossenen Augen nimmt er ihn wahr, hebt ihm die Nase entgegen und inhaliert ihn tief. Ich werd' alt, denkt er stirnrunzelnd, während er sich diesem kribbelnden Gefühl von Wärme und Geborgenheit überlässt, das ihre Nähe ihm immer noch verursacht.

Ohne das geringste Geräusch schiebt er sich langsam unter ihre Decke. Vorsichtig drängt er sich an sie, streicht zärtlich ihren Rücken hinauf, spürt die weiche Sanftheit ihrer Haut unter dem Nachthemd. Wirbel für Wirbel fährt er das Rückgrat entlang, hinauf bis zu ihrem Haaransatz. Er bläst ihr sanft in den Nacken, knabbert liebevoll an ihrem Ohrläppchen. Als sie sich schlaftrunken regt, spürt er eine Welle von Zärtlichkeit in sich aufsteigen und den ehrlichen Wunsch, sie nie mehr zu verlassen. Langsam hebt sie die Hand, tastet unbeholfen über seinen Kopf hinweg am Hals entlang, und murmelt schläfrig: „Bist du's wirklich, du treulose Tomate? Ach, Kater ...", und mit wonniglichem Schnurren rollt er sich um ihren Kopf zusammen und fällt augenblicklich in einen tiefen Schlaf.

Nur der Mann im Mond schaut zu

„Es ist jetzt das dritte Mal, dass du den Unterricht versäumst." Während ihre Mutter ihr den Finger notdürftig verbindet, beißt sie die Zähne zusammen und hält den Atem an. Auch mit geschlossenen Augen spürt sie den Blick, der sich schnell und gewandt den Weg zu ihrem Hirn bahnt und es Schicht für Schicht seziert. Bevor wir in die Klinik fahren, muss ich ihn jedenfalls noch anrufen.

Aus dem Nebenzimmer dringen ein paar Wortfetzen zu ihr herein. Die Stimme ihrer Mutter zieht sanft schwingend durch den Raum, eine melodische Improvisation in Moll. ‚Finger gebrochen' hört sie und staunt über die reine Harmonie dieser Silben. ‚Unglückliche Zufälle' raunt ihre Mutter und sie glaubt, ein zartes Erröten zu hören, während ‚bald wieder da' getragen wird von einem warmen Lächeln, das sich schüchtern in die Welt hinausträumt.

„Wirklich ein verständnisvoller Mann", sagt ihre Mutter, als sie in die Küche zurückkehrt. „Er wünscht dir gute Besserung." Sie nickt und presst die Kiefer zusammen.

In der Straßenbahn sitzen sie sich gegenüber, in einträchtiger Abwehr dem Fenster zugewandt. Die Augen ihrer Mutter weiten sich in versonnener Heiterkeit, wenn ihr Blick sich in der Ferne verliert. In den schimmernden Pupillen spiegelt sich das Straßenleben, an dem sie rumpelnd und quietschend vorbeigleiten. Nur hin und wieder, wie durch Zufall, richtet sich der Blick dieser Augen auf sie, wie sie da hockt auf ihrem Sitz, die Hand mit dem gebrochenen Finger im Schoß stützend, die Lippen fest geschlossen, und das staunende Erkennen lässt die Lider flattern.

In der Notaufnahme herrscht reges Treiben. Während ihre Mutter an der Rezeption das Anmeldeformular ausfüllt, sucht sie sich im Wartezimmer einen Platz. Es sind nur noch einzelne Stühle frei, sie wählt den in der dunklen Ecke dort drüben. Der grob gestrickten Wolljacke der Frau neben ihr entströmt intensiver Essensgeruch, sie schluckt und konzentriert sich auf die Form der Flecken im Teppich zu ihren Füßen. Der rasselnde Atem des Mannes zu ihrer Rechten legt sich wie eine Kette um ihre Brust, sie öffnet den Mund, um nicht zu ersticken. Dem Kind, das selbstvergessen in der Mitte des Raumes mit Autos spielt, läuft der Rotz aus der verkrusteten Nase, von Zeit zu Zeit fährt es sich mit dem Jackenärmel darüber. Sie schließt die Augen und reißt sie gleich wieder auf. Alles ist leichter zu ertragen als die Bilder in ihrem Kopf.

Sie zwingt sich, sie durch Noten zu ersetzen. In der geschützten Weite ihres Innern spielt sie die Partitur durch: Die Ehre Gottes aus der Natur. Ludwig van Beethoven. Weder die rechte noch die linke Hand stellen, für sich betrachtet, große Ansprüche an ihr Können, das Zusammenspiel in Verbindung mit der Interpretation erst machen die Herausforderung aus. Die Griffe verlangen eine große Spannweite, vom tiefen C zum zweigestrichenen E muss sie springen, ihre Finger sind zu kurz für diesen Griff. Und in der Begleitung geht es von Fis zu B – wieso sie an der Stelle ständig patzt und statt des B das H erwischt, weiß sie selbst nicht. Sie hat die Stelle erreicht, an der die erste Stimme zweieinhalb Takte lang aussetzt und sie sich auf die schwierige

Passage der Begleitung konzentrieren muss, als sie seinen Atem im Nacken spürt.

Sie reißt die Augen auf. Jahrelang hat sie darum gekämpft, Klavierspielen lernen zu dürfen. Das Klavier ihres Vaters stand dort, im Wohnzimmer vor dem großen Fenster, darauf die Noten, nach denen er zuletzt gespielt hat. Es war ihr strikt verboten, sich dem Instrument auch nur zu nähern. Sie kann sich noch deutlich an ihn erinnern, wie er sich beim Spielen hin- und herwiegte, wie er die Rechte über die Tasten gleiten ließ, sie anhob und in der Schwebe hielt, bis sie kraftvoll und präzise wieder herabstieß, wie seine Füße mit den Pedalen verschmolzen und sich sein Kopf tief herabbeugte, und sie hatte sich an der Wand zwischen Gardine und Sideboard aufs Parkett gleiten lassen und ihm gelauscht, und sein Gesicht mit den geschlossenen Augen und dem sehnsüchtigen Lächeln hatte geleuchtet, von innen heraus gestrahlt, und sein Duft war zu ihr herübergeweht, hatte sie eingehüllt und festgehalten. Damals war sie sechs.

Wann immer sie in den Jahren danach gebettelt hatte, spielen lernen zu dürfen, hatte sie dieselbe Antwort erhalten: Schlag es dir aus dem Kopf. Ich könnte es nicht ertragen. Als sie umgeschult wurde und ihre Mutter anfing, halbtags zu arbeiten, hatte sie angefangen, heimlich zu üben. Jede sich bietende Gelegenheit hatte sie genutzt, doch sie hatte die Rechnung ohne die Nachbarin gemacht, die irgendwann meinte, ihre Fortschritte auf dem Klavier lobend erwähnen zu müssen. Wortlos hatte ihre Mutter zur Schere gegriffen und ihr die Nägel so kurz geschnitten, dass sie bluteten und jede Berührung sie vor Schmerz zusammenzucken ließ.

Vier Wochen lang wurden sie so kurz gehalten, dann hatte sie ihre Strafe verbüßt.

Unbeschreiblich war daher ihre Freude, als sie vor zwei Jahren, zu ihrem zwölften Geburtstag, einen Din-A-4-Umschlag öffnete und zusammen mit einem Notenbuch – Klaviermusik für Anfänger – die Anmeldung zum Unterricht in Händen hielt. „Er ist Konzertpianist", sagte ihre Mutter, „er hat einen Namen. Natürlich können wir uns einen so teuren Lehrer eigentlich nicht leisten, aber ich habe ihn kürzlich kennengelernt und ihm von dir erzählt, und er bot an, es mit dir versuchen zu wollen." Das Lächeln in ihren Augen war warm.

Sie weiß noch, wie aufgeregt sie am Tag ihrer ersten Stunde gewesen war. Die Hände hatten ihr gezittert, dann waren sie schweißnass gewesen, dann völlig steif und unbeweglich. Hätte ihre Mutter sie nicht begleitet, sie hätte den Klingelknopf wahrscheinlich nie gedrückt. So aber hatte ihre Mutter sie vor sich hergeschoben, hatte sie als ihre „kleine Spielsüchtige" vorgestellt und ihr liebevoll die Hände auf die Schultern gelegt, während sie mit ihm sprach. An die Unterhaltung der beiden konnte sie sich nicht erinnern, denn durch die offene Tür zum Wohnzimmer hatte sie seinen Flügel gesehen, hochglänzend und Ehrfurcht gebietend drohte er mehr als dass er sie einlud, näher zu treten. Bestimmt war es ein Steinway, oder ein Bechstein, mindestens aber ein Schimmel. Sie hielt die Luft an und wurde rot.

Erst als ihre Mutter sich verabschiedet und er sie an seinem Flügel vorbei ins Hinterzimmer geführt hatte, wo das Klavier für seine Schüler stand, entspannte sie sich ein wenig. Er hatte ihr freundlich den Arm um die Schulter gelegt, hatte ihr versichert, wie sehr er sich freue, dass sie Klavier spielen lernen wolle und die Überzeugung geäußert, dass jemand, der sein Ziel so hartnäckig anstrebe wie sie, es ganz sicher auch bald erreichen werde. Seine Stimme verursachte ihr ein Kribbeln unter der Kopfhaut, und als er ihr die Tür zum Übungsraum öffnete und sie sich an ihm vorbei hineinschob, traf es sie völlig unvorbereitet: Derselbe Duft! Es war der Duft ihres Vaters, der ihn umwehte.

Von der Sekunde an fühlte sie sich bei ihm zuhause. Sie bewegte sich frei und ungezwungen, beantwortete seine Fragen in ganzen Sätzen, erzählte sogar freiwillig von sich und ihren Träumen und war begierig, von ihm zu lernen. Sie arbeiteten und lachten zusammen, und jede Woche freute sie sich mehr auf den Unterricht, sehnte den Donnerstag herbei und übte zuhause, bis die Nachbarin klingelte und um Gnade flehte. Wenn sie während des Unterrichts kurz aufsah, sah sie sich selbst gespiegelt in seinen Augen, deren Blick voller Aufmerksamkeit und Wohlwollen auf ihr ruhte. Ja, das Wohlwollen darin empfand sie als das Kostbarste überhaupt, schenkte es ihr doch die feste Überzeugung, dass sie begabt war und es – unter seiner Anleitung natürlich - zu etwas bringen konnte. Nie las sie in seinem Gesicht anderes als Ermutigung und Zustimmung. An manchen Tagen verzweifelte sie an den einfachsten Passagen, patzte bei den Triolen oder schlampte bei den Tempi, und wenn er ihr auch nichts dergleichen durchgehen und sie mit Konsequenz und Strenge wiederholen ließ, bis er zufrieden war, so verschwand doch niemals die Freundlichkeit aus seiner Stimme oder das Funkeln aus seinen Augen.

Von Anfang an hatte ihre Mutter darauf bestanden, sie nach dem Unterricht abzuholen. Sie hatte protestiert und mit Boykott gedroht, war hinter ihr hergebummelt und hatte sich in bockiges Schweigen gehüllt, aber genützt hatte es nichts. „Gerade jetzt in der dunklen Jahreszeit lasse ich dich am Abend nicht allein durch die halbe Stadt laufen", hatte ihre Mutter erklärt, und so kündigte ihr Klingeln an seiner Haustür regelmäßig das Ende der Stunde an. Während sie die beiden gleich darauf im Flur sprechen und lachen hörte, jedes Mal ein bisschen länger, jedes Mal ein bisschen lauter, nutzte sie die Zeit noch zu ein paar Wiederholungen, und erst wenn sie seine Hand auf ihrer Schulter spürte und aufsah zu seinem Lächeln, schloss sie die Übung mit einem übermütigen Crescendo und klappte den Deckel zu.

Es war jetzt drei Wochen her, dass ihre Mutter sie zum ersten Mal in all der Zeit nicht hatte abholen können. „Es tut mir leid", hatte sie gesagt und wirklich traurig ausgesehen, „es war partout nicht möglich, diesen Termin zu verschieben. Aber grüß ihn von mir und... ja, sag ihm viele Grüße." Sie hatte sich ihre Freude nicht anmerken lassen, war aber auf dem Weg zu ihm mehr gehüpft als gegangen. Vielleicht bedeutete das, dass sie heute ein wenig länger spielen durfte?

„Meine Mutter lässt Sie herzlich grüßen", sagte sie gleich zu Beginn der Stunde, „sie kann mich heute nicht abholen." Sie hielt die Lider gesenkt, er sollte nicht sehen, dass sie sich freute. Als er nicht antwortete, hatte sie kurz aufgeblickt, und das kleine Lächeln in seinen Mundwinkeln und das verschwörerische Zwinkern hatte ihr die Röte bis in den Haaransatz getrieben. „Na, dann brauchen wir ja heute gar nicht auf die Zeit zu achten", hatte er gesagt und sich zu ihr auf die Bank gesetzt, und dann hatten sie zum ersten Mal vierhändig gespielt. Er hatte ihr Spiel mit einer vorsichtigen Improvisation begleitet, hatte sich intuitiv jedem ihrer Tempi angepasst und sie mit spontanen Einfällen überrascht und ermutigt, sich selbst von ihrem Gefühl leiten zu lassen und ihren Empfindungen zu folgen.

Der Schlussakkord war noch nicht verklungen, als er mit einem Arm um ihre Taille herum griff und sanft eine neue Melodie erklingen ließ. Lalelu, nur der Mann im Mond schaut zu... summte er dicht an ihrem Ohr, während sein Arm sie umfing und langsam an seine Brust zog. Sie spürte die roten Flecken in ihrem Gesicht und kicherte verlegen, als sie erst seinen Atem und dann seine Lippen an ihrem Hals spürte, und als nur noch seine Linke die Melodie spielte, während seine Rechte sich zwischen ihre Beine schob, setzte ihr Atem aus. Ihr Herz explodierte und drückte ihr den Kehlkopf zu. Sie wollte schreien, aber kein Ton kam heraus. - Als sie wieder zu sich kam, stand sie auf der Straße vor seinem Haus, den Mantel zu ihren Füßen.

Am nächsten Tag fieberte sie. Sie fantasierte und erbrach erbarmungslos alles, was ihre Mutter ihr einzuflößen versuchte. Nur knapp entging sie dem Krankenhaus, und am Donnerstag der darauffolgenden Woche war sie immer noch zu schwach, um zu ihm zum Unterricht zu gehen. Doch sie erholte sich, langsam zwar, aber immerhin, sie ging wieder zur Schule, kam ihren häuslichen Pflichten nach, las und lernte, und manchmal lachte sie sogar. Der Donnerstag der nächsten Woche rückte näher, ihre Mutter sprach davon, sie wie üblich abzuholen, sie antwortete nicht. Am Mittwochabend bekam sie

Migräne, die erste ihres Lebens. Den Donnerstag verbrachte sie im Bett, im abgedunkelten Zimmer, lebte von Tee und Zwieback, und erst am Abend ging es ihr besser, am Freitag war sie wieder fit.

Als am Wochenende die Nachbarin sich wunderte, dass sie schon so lang kein Klavierspiel mehr gehört habe, ob das Instrument defekt oder verstimmt sei oder die Kleine keine Lust mehr habe, sie hatte doch schon so schöne Fortschritte gemacht, da stellte ihre Mutter sie zur Rede, doch sie sah sie nicht an. „Spiel!", forderte sie und zerrte sie zum Klavier. „Du wolltest es, also spiel." Doch sie hielt die Hände im Schoß und den Blick gesenkt, sie rührte sich nicht.

„Morgen hole ich dich nicht nur ab, morgen bringe ich dich auch hin. Ich lasse nicht zu, dass du nur aus einer Laune heraus alles hinschmeißt." Leise waren diese Worte gesprochen worden, gefährlich leise, und sie hatte gewusst, dass es kein Entkommen mehr gab. Und so hatte sie sich heute Mittag nach der Schule ans Klavier gesetzt, hatte das tiefe E angeschlagen und den Ton einen Vierviertel-Takt lang gehalten. Das knirschende Splittern, mit dem ihr Finger unter dem Gewicht des Deckels brach, bildete eine hässliche Dissonanz zu dem Ton, der noch im Raum schwang, aber über den Schmerz und die Übelkeit hinweg ließ sie die Hände in den Schoß sinken und lächelte.

Der Bikini

Endlich hat die Suche ein Ende: Als sie den Bikini vom Ständer nimmt und bewundernd die Finger über das sanft schimmernde Grün und die kleinen aufgestickten, cremefarbenen Blüten gleiten lässt, weiß sie es. Der oder keiner! Dem in Neon-Pink leuchtenden Preisschild widmet sie keinen Blick, vergewissert sich nur noch einmal der Größe und stürmt hoch erhobenen Hauptes in die nächste freie Umkleidekabine. Sie ist so aufgeregt und gespannt, dass sie an den Knöpfen ihrer Bluse scheitert. Hastig zieht sie sie über den Kopf, schüttelt ungeduldig das lange rote Haar in den Nacken und greift zum Bikini-Oberteil. Passt! Passt wie angegossen! Kein Träger schnürt, kein Gummi drückt, und die leicht gefütterten Körbchen machen eine tolle Figur. Jetzt das Unterteil. Zwar stört der Slip beim Anprobieren und beeinträchtigt das Aussehen kolossal, doch auf den ersten Blick sieht sie, dass es auch an der Hose nichts auszusetzen gibt. Das Gummi liegt fest, aber sanft auf ihrem flachen Bauch, der Beinausschnitt ist gewagt, aber nicht frivol, und auch der Anblick ihrer Rückfront erfüllt sie mit Zufriedenheit. Meine Güte, ein Bikini in Größe 34 ... ein Bikini in ihrem Grün ... einer, der sitzt und passt und in dem sie sich sofort wohl fühlt ... wie lange hat sie danach gesucht? Stunden, Tage hat sie mit der Suche danach zugebracht, so genau wusste sie, wie er aussehen und sitzen muss, und jetzt hat sie ihn gefunden! Ganz nebenbei wirft sie nun doch einen Blick auf das Preisschild und zuckt zurück: € 74,- für einen Bikini – das liegt schon ziemlich weit oberhalb der Schmerzgrenze eines Studentenbudgets. Aber egal – der hier ist es, der soll es sein.

Fröhlich vor sich hinsummend zieht sie sich wieder an, stopft die Bluse in die Jeans und greift nach ihrer Tasche. Wie eine Trophäe trägt sie den Bikini vor sich her zur Kasse, legt ihn liebevoll auf den Tresen und strahlt die Verkäuferin auffordernd an. Ihre Hochstimmung ist auch durch deren offensichtlich schlechte Laune nicht zu dämpfen, mit einem fröhlichen „Tschühüß!" verlässt sie den Laden, ihre Einkaufstasche siegessicher schwenkend.

„Jetzt kann's losgehen", denkt sie, als sie in den Bus einsteigt. In Gedanken kehrt sie zurück zu dem Tag Anfang Mai, als sie ihn zum ersten Mal sah, wie er rufend und wild gestikulierend dem Bus hinterher rannte, nur um schließlich schnaufend zurückzubleiben. Enttäuscht hatte er seine Tasche auf die Erde geworfen und sich mit beiden Händen das verschwitzte Haar zurückgestrichen, und sie hatte auf der anderen Straßenseite gestanden wie ... ja, wie vom Donner gerührt, hatte ihn angestarrt und seinen Anblick in sich aufgesogen, sich jedes Detail auf die Netzhaut gebrannt, dessen sie habhaft werden konnte. Sie lächelt verschämt, als sie sich daran erinnert, wie lange sie da starrend und wie fest gewachsen gestanden haben muss, denn sie war erst wieder zu sich gekommen, als der nächste Bus ihn aufnahm und ihrem Blick entführte.

Von da an hatte sie ihn verfolgt. Schnell hatte sie herausgefunden, wo er wohnte. Immer wieder war sie mit dem Rad an seinem Haus vorbeigefahren, hatte in dem Supermarkt bei ihm um die Ecke eingekauft, die Kneipen in seinem Viertel besucht – immer in der Hoffnung, ihn zu sehen. Es war ein

Schock gewesen, als sie ihn zum ersten Mal zusammen mit zwei Mädchen das Haus verlassen sah. Alle drei schienen bester Stimmung zu sein, er hatte den Mädchen die Arme um die Schultern gelegt und führte sie durch den Park ins gegenüberliegende Kino, während er offensichtlich einen Gag nach dem nächsten zum Besten gab, denn alle drei bogen sich vor Lachen, die Mädchen kicherten und kreischten. Obwohl ihr das Herz bis zum Halse schlug und der Schweiß aus allen Poren brach, hatte sie der Versuchung nicht widerstehen können: Auch ins Kino war sie ihnen gefolgt, hatte sich jede Welle seines Haares und jede Falte seiner Jeans eingeprägt, seine Kopfhaltung, seine Stimme, seinen Gang. Ja, sie hatte das Gefühl, ihn in- und auswendig zu kennen, und sie wusste, dass er an keinem der beiden Mädchen ernsthaftes Interesse hatte, sie wusste es einfach.

Einmal, im Bus, hatte sie es so einrichten können, dass sie fast neben ihm stand. Nur eine Frau hatte sie voneinander getrennt. ‚Nur eine Frau!‘ denkt sie jetzt voller Empörung und schnauft verächtlich, denn die war so fett gewesen und hatte so penetrant gerochen, dass sie befürchtete, sich jeden Moment übergeben zu müssen, und so hatte sie den Bus schwer atmend und mit weichen Knien an der nächsten Haltestelle verlassen. ‚Aber jetzt wird alles anders!‘ denkt sie und wirft einen liebevollen Blick in die Einkaufstasche. ‚Jetzt machen wir Nägel mit Köpfen ....‘

Zuhause angekommen, drapiert sie den Bikini auf der Tagesdecke ihres Bettes. Schön ist er, wunderschön! Zärtlich lächelnd streicht sie darüber hin, schaltet den Computer ein, geht ins Internet und sucht die Wettervorhersage. Das zur Zeit herrschende Hoch scheint sich mehr und mehr zu stabilisieren, die Temperaturen steigen weiter an, auch in den nächsten Tagen gibt es Sonne im Übermaß. ‚So haben wir's gern', murmelt sie, stellt das Radio an und geht trällernd ins Bad. Unter der Dusche macht sie ein sorgfältiges Peeling, steckt dann die Haare hoch und beginnt, sich von Kopf bis Fuß mit Selbstbräuner einzucremen. Ihre Haut ist zart und sehr feinporig, sie hat den sanften Glanz von edlem Porzellan, doch leider auch dessen Farbe: Als typische Rothaarige ist sie blass und extrem empfindlich, und Sonnenbaden tut ihr nicht besonders gut. Aber welcher Bikini wirkt schon auf weißer Haut? Da kann die Figur noch so atemberaubend sein, wenn sich lediglich die Sommersprossen auf dem kalkigen Weiß ihres Dekolletés als braune Flecken abzeichnen, ist das einfach hässlich. Und sie will schön sein, sie muss schön sein – und sie wird schön sein!

Es sind Semesterferien, sie könnte ausschlafen. Doch obwohl sie nicht zu früh im Schwimmbad erscheinen will, springt sie in den frühen Morgenstunden aus dem Bett. Trotz ihrer Aufregung und Vorfreude zwingt sie sich zu einem ausgiebigen Frühstück, wäscht sich dann noch einmal die Haare und bringt sie mit einer Kurpackung zum Glänzen. Anders als viele Rothaarige war sie schon immer stolz auf die Flut kupferfarbenen Haares, das ihr inzwischen fast bis zur Taille reicht, und auch mit ihren großen grünen Augen ist sie durchaus zufrieden. Leise vor sich hin summend schminkt sie sich, dann zieht sie den Bikini an und baut sich vor dem Spiegel auf. „Ja!" Was sie sieht, macht ihr Mut. Ihren Auftritt hat sie genau geplant: Langsam und gemessenen Schrittes wird sie die Treppe zur Liegewiese hinunterschreiten und dabei wie unbeabsichtigt das

Handtuch von der Schulter gleiten lassen. Irgend-jemandem in der Ferne wird sie lässig und verführe-risch lächelnd zuwinken, und wenn sie an seinem Liegeplatz vorbeigegangen ist und seinen Blick im Rücken spürt, wird sie wie von ungefähr das Haar-gummi um ihren Pferdeschwanz lösen und ihre Mähne schütteln, dass die Funken sprühen. Dann wird sie sich auf den Beckenrand setzen, als wolle sie nur mit den Füßen die Wassertemperatur prüfen, und dann ... dann ...

Dann wird er nicht mehr widerstehen können, dann zappelt er an der Leine. Wie von unsichtbarer Hand gelenkt wird er sich erheben, langsam und wie in Trance auf sie zugehen, ein bisschen unsicher hinter ihr stehen bleiben und scheu und schüchtern fragen: „Hast du was dagegen, wenn ich mich zu dir setze?" Ihr strahlendes Lächeln, mit dem sie zu ihm aufblicken wird, wird ihn betören und gefangen nehmen, und dann ist sie am Ziel, dann erfüllen sich all ihre Träume, die sie in den vergangenen Mona-ten immer und immer wieder geträumt hat ...

Als sie sicher sein kann, dass er im Schwimm-bad eingetroffen ist und sich auf seinem Handtuch auf der Liegewiese ausgestreckt hat, schwingt sie sich aufs Fahrrad und radelt los. ‚Es wird heiß wer-den heute', denkt sie und fügt vielsagend lächelnd hinzu: ‚In jeder Beziehung!' Schon von weitem zeigt ihr der Lärm, dass das Freibad gut besucht ist. Sie stellt ihr Fahrrad ab, löst die Eintrittskarte und gönnt sich den Luxus einer Umkleidekabine. Gerade heute will sie sich ganz auf sich konzentrieren kön-nen und sich nicht um ihre Sachen sorgen müssen. Bevor sie die Kabine verlässt, rückt sie noch einmal den BH ihres Bikinis zurecht, fährt mit dem Lippenstift über die vor Aufregung trockenen Lippen, atmet tief durch und geht.

Als sie sich der Treppe nähert, sucht ihr Blick das Gelände am Schwimmbecken ab. ‚Bitte, laß ihn da sein!‘ betet sie innerlich, ‚laß ihn bitte, bitte da sein ...‘ Sein bevorzugter Platz ist immer nah bei den Duschen, und ihr Herz macht einen Satz, als sie ihn auch heute wieder dort entdeckt. Er kommt offensichtlich gerade aus dem Wasser, denn er schüttelt das blonde Haar, dass die Tropfen fliegen, und trocknet sich mit einem Handtuch das lachende Gesicht. Fast hätte sie vergessen, ihrem imaginären Bekannten in der Ferne huldvoll zuzuwinken, als sie jetzt die Treppe hinuntersteigt, denn aus den Augenwinkeln sieht sie, dass er nicht allein ist. Auf einer Decke zu seinen Füßen aalen sich die beiden Mädchen, eine von ihnen sogar oben ohne. ‚Jetzt erst recht!‘ denkt sie und wirft den Kopf in den Nacken, während sie sich gleichzeitig um einen gelangweilten Gesichtsausdruck bemüht. Sie lässt das Handtuch von der Schulter gleiten und geht betont langsam durch die Reihen ausgebreiteter Tücher und Decken, während ihre Augen offensichtlich ganz fasziniert ein Objekt am gegenüberliegenden Beckenrand fixieren. Als sie seine Decke schräg links hinter sich weiß, gellt das schrille Lachen der Mädchen auf, und sie muss sich beherrschen, um nicht zornig herumzufahren.

‚Durchhalten!‘ ermahnt sie sich selbst, ‚weiter im Text!‘ Ihre linke Hand hebt sich zum Kopf. Sie spürt, wie sie zittert, doch entschlossen greift sie das Haargummi, zieht es betont langsam heraus und schüttelt das Haar, dass die Funken sprühen. Warm und schützend fühlt es sich an auf der Haut, und gerade richtet sie sich siegessicher auf, als eine

neue Lachsalve sie fast stolpern lässt: Albern kichernd und glucksend reden beide Mädchen durch-
einander, kreischen auf und feuern sich gegenseitig
an, und sie kann der Versuchung kaum noch widerstehen, sich nach ihnen umzudrehen, als sie seine
Stimme heraushört aus all dem Lärm, und die Mädchen verstummen.

Sie hat den Beckenrand erreicht. Nachlässig
lässt sie das Handtuch fallen, geht geschmeidig in
die Knie und setzt sich auf den warmen Stein. Ihre
Füße plätschern im Wasser, mit einer großen Geste
streckt sie das Gesicht der Sonne entgegen, stützt
beide Arme hinter sich ins Gras und lauscht. Verhal-
tenes Prusten ist zu hören aus der Richtung der be-
wussten Decke, dazwischen gedämpft seine Stimme. Dann ruft eines der Mädchen „Na, dann toi-toi-
toi!", und beide scheinen an ihrem Gelächter zu ersticken.

‚Er kommt!' Der Gedanke durchfährt sie wie
ein Stromschlag, sie hat Mühe, in ihrer lässigen Haltung zu verharren. Ihre Ohren scheinen ihm entgegen zu wachsen, ihr Herz klopft für jedermann
sichtbar in ihrem langgestreckten Hals. Nur noch
wenige Schritte trennen ihn von ihr. Sie sieht ihn
vor sich, wie er zögert, sich Unterstützung hei-
schend nach den Mädchen umdreht. Nur Mut! ruft
sie ihm entgegen. Trau dich doch, du weißt nicht,
wie lange ich auf diesen Moment gewartet habe. Sie
konzentriert sich auf ihr Gesicht, bereit, jenes strahlende Lächeln erblühen zu lassen, das sie so oft vor
dem Spiegel geübt hat. Jetzt! Jetzt gleich spricht er
das alles entscheidende Wort. Dies ist der Moment,
in dem ihr Schicksal sich erfüllen wird ... jetzt!

Die zögernde Berührung seiner Hand lässt sie zusammenfahren. Erschrocken sieht sie zu ihm hoch, blinzelt mit zusammengekniffenen Augen in ein lächelndes Gesicht und ist keiner Silbe fähig, als er sich jetzt leicht zu ihr herunterbeugt und sagt: „Du, entschuldige.... aber ich glaube, dir hängt da noch das Preisschild aus der Hose ..."

Bahnsteig 13

Als das Taxi sie am Haupteingang des Bahnhofs absetzt, hat sie noch reichlich Zeit. Das Ticket hat sie sich bereits zuhause ausgedruckt und den Platz im ICE reserviert, und da sie nichts davon hält, die schamlos überhöhten Preise in irgendeinem Bistro zu bezahlen für etwas, das sie sich frischer und unbelasteter und dazu noch weitaus preisgünstiger zuhause selbst zubereiten kann, muss sie sich auch an keiner der Warteschlangen vor irgendwelchen Imbissbuden oder gar an Bord des Zuges anstellen.

Zufrieden mit dem großzügig bemessenen Zeitrahmen, den sie sich selbst gewährt hat, steht sie vor der Anzeigentafel und vergewissert sich noch einmal, wann genau und von welchem Gleis ihr Zug abfährt. Sie nickt, wechselt den Griff ihres Trolleys von der rechten in die linke Hand, schlingt sich den Riemen ihrer Handtasche um das Handgelenk und marschiert forschen Schrittes auf die Rolltreppe zu. Vor der ersten Stufe zögert sie kaum merklich, versenkt den ausgefahrenen Griff des Trolleys und zieht ihn dann hinter sich her auf die Rolltreppe. Geschafft! Aufatmend lässt sie die Blicke schweifen, vergleicht die Bahnhofsuhr mit ihrer Armbanduhr und stellt fest, dass ihr Zug noch nicht einmal angezeigt ist: Vor Abfahrt des ICE nach Würzburg um 9.24 Uhr von Gleis 13 läuft erst noch der ICE nach Zagreb über München und Triest ein, Abfahrt 9.12 Uhr. Jetzt ist es 8.52 Uhr. ‚Zagreb', überlegt sie, ‚liegt das eigentlich in Slowenien oder in Kroatien?'

Sie hat die Rolltreppe noch nicht verlassen, da entdeckt sie ihn auf der Bank direkt vor der Info-

Tafel. Er kauert mehr als dass er sitzt, kauert mit hochgezogenen Schultern ganz vorn auf der Kante der metallenen Bank, umklammert mit den Händen die Rundung unter seinen Schenkeln und schaukelt leise vor und zurück. Er ist klein, irgendwie zusammengeschnurrt, höchstens noch einen Meter sechzig groß. Er hustet. Hustet, ohne die Hand vor den Mund zu halten. Und er ist alt, ziemlich alt - nach deutschen Maßstäben gemessen mindestens 75 Jahre alt, aber wer weiß denn schon, woher er kommt, was er durchgemacht hat, was das Schicksal ihm an Leid und Kummer aufgebürdet hat, das ihn womöglich vorzeitig hat altern lassen?

Die dichten grauen Haare sehen ein wenig verfilzt aus, sie erinnern an Stahlwolle, mit der man Töpfe schrubbt. Die schmalen Schultern zeichnen sich in dem groben, braunen Tweed-Sakko scharfkantig ab, die schwarze Cordhose ist über den braunen Wildlederschuhen zweimal umgekrempelt. Neben der Bank, links von ihm, lehnt ein uralter olivgrüner Rucksack, höchstwahrscheinlich noch aus Bundeswehrbeständen, dessen Tragegurte bereits durch Wäscheleinen ersetzt wurden. Während seine Linke sich tastend vergewissert, dass der Rucksack noch da ist, wo er ihn abgestellt hat, hustet der Mann wieder, hustet und hustet und wischt sich dann erschöpft den Schweiß von der Stirn und die Tränen aus den Augen. - Er tut ihr leid.

Auf dem Weg zur Info-Tafel muss sie an ihm vorbei. Unauffällig mustert sie ihn aus dem Augenwinkel. Der ganze Mann ist ständig in Bewegung, zusätzlich zu dem rhythmischen Schaukeln des Rumpfes dreht er auch den Kopf in gleichmäßigen Intervallen nach links und nach rechts. Die weit aufgerissenen Augen signalisieren Angst, etwas Entscheidendes zu verpassen. - Ein erneuter Hustenanfall erschüttert den ausgezehrten Körper.

Vor der Info-Tafel bleibt sie stehen, wirft noch einmal einen Blick auf ihr Ticket und überprüft den Haltepunkt der Wagen-Nummer: Wagen Nr. 5 wird zwischen C und D zum Stehen kommen. Sie hat 1. Klasse gebucht, Abteil Nr. 2, Platz Nr. 2 am Fenster in Fahrtrichtung, so hat sie es gebucht. Wenn sie auch auf ihrem E-Book-Reader mehr als genug Bücher gespeichert hat für diese Fahrt, möchte sie dennoch den Blick in die vorüberfliegende Landschaft und nicht auf den engen Gang des Waggons wandern lassen können. So eine Zugfahrt ist teuer genug, da darf man gern dafür sorgen, dass man auch etwas bekommt für sein Geld.

Jetzt dreht sie sich langsam um. Unweigerlich fällt ihr Blick auf den Mann, der immer noch auf der Bank hockt und sich rhythmisch vor und zurück wiegt. Gleichzeitig wendet er den Kopf nach links und nach rechts, nach links und nach rechts… Um seinen Mund liegt die Andeutung eines Lächelns, auch die dunkelbraunen Augen hinter den verschmierten Brillengläsern blitzen fast ein wenig aufgeregt. ‚Er wartet auf seinen Zug‘, denkt sie und betrachtet den Mann mit wohlwollendem Lächeln. ‚Er freut sich auf Zuhause …‘

Ohne sich dessen bewusst zu sein, ist sie stehen geblieben. Mit wachsender Aufmerksamkeit beobachtet sie ihn, studiert das von Falten zerfurchte Gesicht, dessen graue Stoppeln nach einer Rasur schreien, registriert den einzelnen Goldzahn, der aufblitzt, wann immer er sich auf die Unterlippe beißt, und die Haarbüschel in seinen Ohren. - Er ist ein kleiner Mann, ein alter Mann, und die Menschenmenge, die um ihn herum wogt, lässt ihn isoliert und schrecklich einsam erscheinen.

Während sie noch so steht und die Blicke schweifen lässt, unauffällig mal hier hin und mal dort hin, findet eine Veränderung statt mit dem kleinen Mann auf der Bank. Nach einem lang anhaltenden Hustenanfall zieht er die Brauen zusammen und die Stirn in Falten. Gleichzeitig schnellen seine Schultern hoch fast bis zu den Ohren, wodurch seine Füße vom Boden abheben und ihn nicht mehr berühren. Die schaukelnde Bewegung des Körpers, die dem ganzen Menschen etwas Fröhliches, Erwartungsvolles verliehen hat, ist zum Stillstand gekommen. Etwas wie Erschrecken, ja - Angst hat sich breitgemacht auf seinem Gesicht.

Ihr Blick wandert zur Uhr. 8.58 Uhr - das heißt, in weniger als einer Viertelstunde geht sein Zug nach Zagreb. Und so, wie er aussieht, wie er da in sich zusammengesackt ist auf dieser harten Metallbank, hat er kein Ticket. Natürlich! Das ist es … er will, er muss mit diesem Zug nach Hause, nach Zagreb fahren, zu seiner Familie, zu seinen Freunden. Er ist krank, schwer krank, und er will zuhause sterben, in seiner Heimat, nach der er sich mit jeder Faser seines armen, kranken Körpers sehnt … aber er hat kein Ticket.

Wie einen Film sieht sie es vor ihrem inneren Auge ablaufen: Der alte Mann geht zum Arzt, er hustet seit langem. Die Diagnose: Lungenkrebs. Es bleiben ihm nur noch wenige Monate. Der Arzt bietet ihm die entsprechende Behandlung an: Operation, Chemo, Bestrahlung - aber der alte Mann ist nicht versichert, selbst für diesen Arztbesuch hat die Familie, die große, weit verstreute Familie, gesammelt und zusammengelegt. Und nun das - das Todesurteil. Verständlich, dass er alles daran setzt, in seiner Heimat sterben zu dürfen. Selbst wenn das bedeutet, als Schwarzfahrer entlarvt zu werden ...

Und plötzlich ist ihr klar, was sie zu tun hat. Endlich hat sie die Chance, etwas Gutes zu tun, einfach so, selbstlos und aus freien Stücken. Mit wenigen Schritten ist sie bei ihm, beugt sich zu ihm herunter und strahlt ihn an. „Kommen Sie!", lacht sie und klopft ihm auf die Schulter in dem Bemühen, den strengen Knoblauchgeruch zu ignorieren, der ihr entgegenschlägt. „Kommen Sie, ich helfe Ihnen!" Sie schiebt ihre Hand unter seinen Ellenbogen und versucht, ihn zum Aufstehen zu bewegen. Der alte Mann erstarrt, reißt die wässerigen Augen weit auf und schüttelt verständnislos den Kopf, während er versucht, sie mit der freien Hand abzuwehren. Er nuschelt undeutliche Laute, was den Knoblauchgeruch noch verstärkt, doch sie lässt sich nicht abschütteln, lächelt ihm standhaft zu und schafft es schließlich, ihn von der Bank zu ziehen. „Kommen Sie", schreit sie, denn gerade läuft auf dem gegenüberliegenden Gleis der ICE nach Kopenhagen ein, „wir kaufen Ihnen jetzt ein Ticket und etwas zu essen und zu trinken, und dann können Sie ganz beruhigt und entspannt nach Hause fahren ... nein, nein, kein Problem, machen Sie sich keine Sorgen, das macht mir überhaupt nichts aus ..."

Inzwischen hat sie ihn untergehakt und dafür gesorgt, dass er seinen Bundeswehr-Rucksack mitnimmt. Immer noch muss sie ihn ziehen, sie schleift ihn praktisch über den Bahnsteig, denn er strebt zurück zur Bank, stottert in abgehackten Silben und deutet immer wieder zurück, aber sie ist jetzt nicht mehr zu bremsen: Jedenfalls einmal in ihrem Leben springt sie über ihren Schatten, tut, was ihr Herz ihr sagt und kümmert sich nicht darum, was die Umstehenden von ihr denken könnten. Sie hat Augen, zu sehen und Ohren, zu hören - und ein Herz, das mitfühlt und ihr sagt, was zu tun ist. Und dieses Herz sagt ihr gerade jetzt sehr deutlich, dass sie diesem Mann, diesem armen, alten, kranken Mann helfen muss ...

„Machen Sie sich keine Sorgen!", schreit sie ihm ins Ohr, während eine Horde Halbsstarker grölend und rempelnd die Rolltreppen herunterpoltert. „Wir haben noch zehn Minuten Zeit, bis ihr Zug fährt. Bis dahin schaffen wir das ... Sie müssen keine Angst haben, als Schwarzfahrer erwischt zu werden, bestimmt nicht! Wir schaffen es noch rechtzeitig, ganz regulär mit Fahrkarte, glauben Sie mir ..."

Während sie spricht, tätschelt sie ihm die Hand, zieht ihn weiter und weiter fort in Richtung Rolltreppe, und tröstend lächelt sie in sein angstverzerrtes Gesicht. Auf seiner Stirn zeigen sich die ersten Schweißtröpfchen, immer hektischer wandern seine Augen suchend umher. Als er sich nun gar weigert, die Rolltreppe zu betreten, spürt sie, dass sie an ihre Grenzen stößt: Einen kurzen Moment lang hat sie Lust, ihn anzuschreien und die Treppe hinaufzustoßen, doch noch im selben Moment fängt sie sich und lächelt ihr aufmunterndes Lächeln. „Keine Angst, das ist nur eine Rolltreppe", flötet sie, schiebt ihn sanft nach vorn und versucht, einen seiner Füße auf die unterste Stufe zu setzen. „Wir fahren da jetzt hinauf, Sie und ich, gehen zum Fahrkartenschalter und kaufen Ihnen eine reguläre, gültige Fahrkarte, mit der Sie ganz legal und beruhigt nach Zagreb fahren können. Ja, Sie können mir ruhig glauben ... ich bezahle die Fahrkarte, ich schenke sie Ihnen, Sie brauchen keine Angst mehr zu haben ..."

Und während sie immer verzweifelter versucht, seinen Fuß auf eine der ständig vor ihnen aufsteigenden Stufen der Rolltreppe zu schieben und ihn dazu zu bringen, mitsamt seinem Bundeswehr-Rucksack hinauf zu fahren, drängt sich plötzlich eine Frau zwischen den hinter ihnen drängelnden und murrenden Reisenden hindurch, schiebt sich zwischen sie und den armen, alten Mann und legt ihm einen Arm um die Schulter. Die Frau ist jung, jünger als sie selbst, hat mittelblondes, zu einer raffinierten Frisur hochgestecktes Haar und trägt einen sportlich-eleganten Hosenanzug. „Papa!", ruft sie, und ihre Stimme klingt fragend und anklagend zugleich. „Papa, was machst du? Warum hast du nicht gewartet?" Fast wimmernd und Unverständliches murmelnd sinkt er ihr entgegen, und im selben Augenblick trifft sie der eisige Blick der Frau wie ein Dolch: „Sind Sie wahnsinnig - was haben Sie vor? Sie vergreifen sich an einem hilflosen alten Mann? Er hat Ihnen doch nichts getan ..." Und während sie begütigend auf ihren Vater einredet, stolpert er an ihrer Seite zurück zu der Bank. Aufatmend lässt er sich darauf nieder, während die Tochter ihm die Haare aus dem Gesicht streicht, ihm die Stirn mit ihrem blütenweißen Taschentuch trocknet und dann neben ihm Platz nimmt.

Bahnsteig 13: Pünktlich 3 Minuten vor Abfahrt kommt Wagen Nr. 5 mit der 1. Klasse zwischen Punkt C und D zum Stehen. Abteil Nr. 2, Platz Nr. 2 - der Fensterplatz in Fahrtrichtung. - Auf den Plätzen ihr gegenüber sitzen der alte, kranke Mann und seine junge, elegante Tochter.

Gerührt und nicht geschüttelt

Lange bleibt der Mann in der Tür stehen, lässt den Blick durch den schummrigen Raum wandern und verzieht keine Miene. Während er sich jetzt gemessenen Schrittes der Bar nähert, mustert er die kleinen Nischen, die mit einladenden Sesseln in matt schimmerndem Rot und goldumrahmten Tischchen locken, fährt wie von ungefähr mit der Hand über die gepolsterte Trennwand zwischen ihnen, dreht sich einmal lässig um die eigene Achse und nickt kaum merklich wie zur Bestätigung.

In einer einzigen, fließenden Bewegung hat er sich auf einen der mittleren Barhocker geschwungen und ein winziges Notebook aus der Tasche gezogen. Er lässt es vor sich auf dem Tresen liegen, legt beide Hände darauf und sieht sich um. Sein Blick wandert vom Tresen über die Zapfanlage zur Kaffeemaschine, die mit Flaschen jeder Art und Größe gefüllten Regale entlang, verharrt einen kurzen Moment auf der Gallionsfigur, die barbusig und mit grellroten Lippen vom obersten Bord auf ihn herabstarrt, und bleibt dann an dem jungen Barkeeper haften, der ihm lächelnd und mit einem Poliertuch in der Hand gegenübersteht.

„Was darf's denn sein?", fragt der Junge freundlich und beflissen, zuckt jedoch instinktiv vor dem unergründlichen Blick des Gastes und dessen langanhaltendem Schweigen zurück. Mit der Andeutung eines Lächelns, das eher Geringschätzung als Freundlichkeit erkennen lässt, legt der Mann schließlich den Kopf schief, mustert den Jungen eindringlich und erbittet die Cocktail-Karte. Seine

Stimme gleicht einem Raunen, sie scheint von irgendwoher aus dem Off zu kommen.

Als er das in rotes Leder gebundene Buch mit der Auflistung der Drinks und Cocktails entgegennimmt, mustert er mit hochgezogenen Brauen die Leere rings um sich her, runzelt die Stirn und fragt: „Full house heute, was?" Die Verachtung, die in diesen Worten mitschwingt, treibt dem Jungen hinter der Bar die Röte ins Gesicht. Er versucht ein kleines Lächeln, doch sein auf und ab hüpfender Kehlkopf verrät, dass er sich nicht besonders wohl fühlt in seiner Haut. „Es ist noch sehr früh", sagt er mit einem entschuldigenden Blick auf die Uhr, die zwanzig Minuten vor neun zeigt.

Der Mann versenkt sich schweigend in die Karte, seine Augen wandern die Seiten hinauf und hinunter. Lässig blättert er um, schüttelt kaum merklich den Kopf, kneift die Augen zusammen und starrt über den Rand seiner Brille hinweg: „Den echten Black-Cat-Flip habt ihr nicht?" „Aber selbstverständlich haben wir den", antwortet der Barkeeper eifrig. „Wenn Sie mal bitte auf Seite 2 oben schauen wollen ...", und erleichtert, dass er diesem irgendwie doch recht kritischen Gast etwas anzubieten hat, lehnt er sich über den Tresen und weist auf die entsprechende Stelle in der Karte.

Der Mann runzelt die Stirn. „Ihr nehmt Brandy dazu?" Schweigend klappt er sein Notebook auf, wischt über das Touchpad und macht sich eine kurze Notiz. „Ja, Cherry-Brandy, Wodka, Cranberry-Sirup und Cola", bestätigt der Junge, fühlt sich unter dem durchdringenden Blick des Gastes allerdings ein wenig unbehaglich. „Na, dann lass mal sehen", sagt der, und seine nun wieder auf dem Notebook gefalteten Hände scheinen Ausdruck einer gähnenden Langeweile zu sein.

Mit flinken Bewegungen füllt der Barkeeper das Longdrinkglas mit Eiswürfeln, Wodka und - während er sich der argwöhnischen Blicke des Gastes bewusst ist - Cherry-Brandy und Cranberry-Sirup. Mit der Rückseite des Barlöffels rührt er langsam und feierlich zehn mal um, füllt mit Cola auf, rührt noch einmal um und stellt das Glas mit einer einladenden Geste vor dem Gast ab. Der hebt eine Augenbraue, hält die Nase über das Glas und wirft dem Jungen wieder einen durchdringenden Blick zu. Das Glas rührt er nicht an.

Der Barmann wendet sich ab. In Gedanken betet er sich noch einmal das Rezept für den Black-Cat-Flip vor, überlegt kurz, ob er lieber gecrushtes Eis hätte nehmen sollen oder mit einer Zitronenscheibe dekorieren, und im selben Moment spürt er, wie die Anspannung ihm die Schultern bis zu den Ohren hoch zieht. Derweil hockt der Mann immer noch bewegungslos vor seinem Glas.

Endlich streckt er langsam die Hand aus, führt das Glas zum Mund und trinkt einen kleinen Schluck. Er stutzt, starrt hinein und schüttelt ungläubig den Kopf. Dann setzt er das Glas erneut an die Lippen - und leert es in einem Zug.

Gerade atmet der Junge erleichtert auf in der Überzeugung, alles richtig gemacht und den Geschmack des Gastes getroffen zu haben, als der ihn mit gekrümmtem Zeigefinger und in tiefe Falten gelegter Stirn zu sich heranwinkt: „Ich kann es nicht glauben", sagt er leise und lehnt sich ihm über den Tresen hinweg entgegen. „Ich kann nicht glauben, dass du es wirklich getan hast ..."

„Was getan?", stottert der Junge, dem augenblicklich die Röte ins Gesicht schießt. „Ich kann nicht glauben, dass du Cherry-Brandy UND Cherry-Coke genommen und mir dieses Gesöff tatsächlich als BlackCat-Flip serviert hast!" Zum Ende des Satzes hin ist seine Stimme immer lauter geworden, und mit einem schnellen Blick versichert der Barkeeper sich, dass noch kein weiterer Gast den Weg in die Bar gefunden hat.

„Entschuldigen Sie", beeilt er sich, „aber so steht es in der Karte. Ich wusste nicht, dass Sie keine Cherry-Coke mögen, das hätten Sie ..." „Ich hätte was?", unterbricht ihn der Mann, und seine Stimme vibriert gefährlich. „Ich hätte dir erklären sollen, wie man den BlackCat-Flip mixt? Richtig mixt? Meintest du das? Wer ist hier Barmixer - du oder ich?" Und wieder steigert sich seine Stimme zu bedrohlicher Lautstärke.

„Nein, nein - natürlich nicht. Ich meinte nur ... ich mixe Ihnen selbstverständlich einen neuen Flip, selbstverständlich. Wenn Sie sich einen kleinen Moment gedulden ..." Mit hektischen roten Flecken auf den glatt rasierten Wangen macht der Junge sich daran, einen neuen Drink zu mixen. Eiswürfel, Wodka und Cherry-Brandy, dazu den Cranberry-Sirup, dann dreht er sich um und fragt: „Welche Cola bevorzugen Sie, mein Herr: Zero, light oder normal?" „Normal natürlich", knurrt der Mann, klappt sein Notebook auf und macht sich eine Notiz. Dem Jungen treten die ersten Schweißtropfen auf die Oberlippe.

„Bitte schön, der Herr", sagt er beflissen, als er das Glas serviert. „Wohl bekomm's." „Na, das wollen wir erstmal sehen", antwortet der Mann auf dem

Barhocker, schiebt die Brille auf die Nasenspitze und schießt aus zusammengekniffenen Augen einen vernichtenden Blick über den Tresen. Dann hält er wieder die Nase über das Glas, nippt daran - und schiebt es weg. Er sieht den Barmann nicht an, holt aber tief Luft und atmet geräuschvoll wieder aus. Mit Todesverachtung greift er erneut nach dem Glas, hält es gegen das Licht und schüttelt den Kopf. Ohne ein Wort stellt er es zurück auf den Tresen.Der Barmann schluckt, sein Kehlkopf tanzt. Die Sohlen seiner Schuhe quietschen leise, als er sich jetzt umdreht, mit zwei Schritten am Ende der Regalwand ist und hastig nach dem dort hängenden Telefon greift. Zu verstehen ist nichts, er raunt hinter vorgehaltener Hand ein paar kurze Sätze hinein, nickt kurz und lässt die Schultern sinken, bevor er sich wieder umdreht und mit tapferem Lächeln seinen Platz hinterm Tresen wieder einnimmt. - Das Glas des Kunden ist leer.

„Sind Sie zufrieden?", fragt der Junge hoffnungsvoll, doch als Antwort öffnet der Mann sein Notebook, wischt einmal kurz übers Touchpad und macht sich die dritte Notiz. Dann richtet er sich auf, schließt einen Knopf seines Sakkos und macht Anstalten zu gehen. Doch plötzlich dreht er sich zurück, schüttelt den Kopf und schenkt dem Barmann ein mitleidiges Lächeln. „Nein", sagt er leise, wie zu sich selbst. „Ich kann dich doch nicht dumm sterben lassen. Muss ich dir tatsächlich erklären, was ein `Schwarzer Kater`ist? Pass auf ..." Und an den Fingern seiner Linken zählt er die Zutaten ab: Wodka, Cassis, Brandy und Cola auf Eis, gerührt und nicht geschüttelt. „... und vergiss die Zitronenmelisse nicht!" „Ohne Sirup?", vergewissert sich der Barmann. „Ohne Sirup!", bestätigt der Gast. „Wir sprechen hier vom Schwarzen Kater."

Wenig später serviert der Junge dem Gast das dritte Glas. Der Mann nippt, nippt noch einmal, öffnet sein Notebook und macht sich eine Notiz.

In diesem Moment erscheint ein zweiter Barmann hinterm Tresen, ein ernst blickender Mittfünfziger mit zurückgekämmtem, graumeliertem Haar, stilecht gekleidet in schwarze Hose, weißes Hemd und schwarze Hosenträger. Er nickt grüßend hinüber und lauscht mit gesenktem Kopf dem geflüsterten Bericht des Jungen. Als sich beide wieder dem Kunden zuwenden, hat dieser auch das dritte Glas geleert. Das kleine Zweiglein Zitronenmelisse dreht er gedankenverloren zwischen Daumen und Zeigefinger der Linken, während seine Rechte schnell und geräuschlos über die Tastatur seines Laptops huscht.

„Sie scheinen die altehrwürdige Rezeptur für den BlackCat-Flip revolutionieren zu wollen", bemerkt der neue Barmann, der sich als „Henri, Chef de Bar" vorgestellt hat, mit einem Augenzwinkern. Der Gast reagiert wenig amüsiert, klappt betont leise sein Laptop zu und richtet sich zu voller Größe auf. „Ich bin nicht sicher, ob diese Situation noch durch launige Bemerkungen Ihrerseits entschärft werden kann", raunzt er, blinzelt über die auf der Nasenspitze balancierende Brille hinweg und lässt zwischen den Brauen eine Unheil verkündende Falte entstehen. „Sie kennen ‚feinschmecker.com'?", fragt er beiläufig, während er seine auf dem Tresen liegenden Hände inspiziert. Dann lässt er den Blick durch den immer noch fast leeren Raum gleiten und schlägt in seinem Laptop eine neue Seite.

Jetzt muss auch der Chef de Bar kurz schlucken. Mit beiden Händen stützt er sich auf dem Tresen ab, lässt ein strahlendes Lächeln erblühen und sagt: „Aber ja - natürlich! Erst letztes Jahr wurden wir …" „Nun", unterbricht ihn der Gast kalt, klappt seinen Laptop zu und schließt sein Sakko. „Wer sich auf seinen Lorbeeren ausruht …"

Hinter dem Tresen tritt Henri seinem jungen Kollegen bedeutungsvoll auf den Fuß, schiebt ihn zur Seite und nimmt seinen Platz dem Gast gegenüber ein. „Sie wollen gehen? Oh … aber bitte .. Sie gewähren uns doch die Chance auf Wiedergutmachung?" Und wieder zwinkert er dem Mann auf dem Barhocker vertrauensvoll zu, was dieser mit ausdrucksloser Miene quittiert. „Worin, bitteschön, sollte diese Chance bestehen?", fragt er, schiebt sich jedoch widerstrebend zurück auf den Barhocker. „Zum Beispiel in einer ganz neuen, vielleicht sogar etwas gewagten Kreation?" Henri will jetzt den Stier bei den Hörnern packen, er zieht alle Register. „Eine unserer neuesten Rezepturen - nicht für Gäste, nur für Freunde des Hauses, wenn Sie verstehen - ist diese …" Er kreist um sich selbst, lässt in der linken Hand eine Flasche Wodka und in der rechten einen Gin wirbeln, greift nach einem Maraschino und füllt auf mit Coke. Als er das Ganze über die Eiswürfel rinnen lässt, zieht er verheißungsvoll eine Augenbraue in die Höhe, rührt zehn mal mit der Rückseite des Barlöffels und garniert - raffiniert! - mit einer in Cassis getauchten Orangenscheibe, bevor er, Triumph in den Augen, dem Gast das schimmernde Getränk serviert.

Es dauert lange, bis dieser sich regt. Misstrauisch beäugt er auch dieses Glas, schiebt und dreht es hin und her und tut sich schwer, sehr schwer, endlich zuzugreifen. Mit starr geradeaus gerichtetem Blick nimmt er den ersten Schluck, reißt die Augen auf, nimmt einen zweiten. Gerade will Henri sich zu einer neuen Profilierung bei feinschmecker.com gratulieren, als der Gast die flache Hand auf den Tresen niedersausen lässt, dass dem Jungen am Zapfhahn das Glas aus der Hand rutscht.

„Ihr wollt mich auf den Arm nehmen, ja? Wollt ihr das? Nun gut, ich kann euch nur eines sagen, liebe Leute: Mit mir nicht! MIT MIR NICHT! sag ich euch, und so schon gar nicht ...." Inzwischen ist die fahle Blässe seines Gesichts einem ungesunden Rot gewichen, seine Aussprache ist recht feucht und die Augen drohen, ihm aus den Höhlen zu treten. Selbst Henri ist das Zwinkern vergangen, mit weit aufgerissenen Augen starrt er den Gast an. „Eine Chance noch", fleht er, presst die flachen Hände vor der Brust zusammen und geht fast in die Knie. „Bitte, eine Chance noch ... ein einzige ..."

Mit gesenktem Kopf, mutlos geradezu und völlig entnervt, schiebt sich der Gast auf den Barhocker zurück. Während der Chef de Bar in hektische Aktivität verfällt, den Maraschino doch wieder durch Cassis ersetzt und statt des Cherry-Brandys eine Flasche Kaffee-Likör unter der Spüle hervorzaubert, stützt der Gast den Kopf schwer in die Hand, klappt sein Laptop auf und notiert lust- und hoffnungslos die nächste niederschmetternde Kritik.

Wenige Minuten später lässt er einen völlig zerknirschten Chef de Bar mit seinem in Schweiß gebadeten Kollegen hinterm Tresen zurück. „Die Plakette sind wir los", stöhnt Henri, rauft sich die Haare und lässt die Hosenträger schnalzen. „Verdammt nochmal, wieso hat uns niemand einen Tipp gegeben?", und in seiner Verzweiflung gießt er sich einen doppelten Kaffeelikör ein.

Der Gast hat die Bar gemessenen Schrittes verlassen. Ohne zu schwanken und hocherhobenen Hauptes hat er die Schwingtür zum Flur aufgestoßen, sich nach rechts gewandt und dabei demonstrativ sein Handy gezückt. Als er das Foyer durchquert, grinst er zufrieden vor sich hin: „Chaka!", lacht er ins Telefon. „Das war Rekord heute: Fünf Stück … und alle vom Feinsten!"

Die Mausefalle

Noch im Morgenmantel, den nur mehr lauwarmen Kaffeebecher mit beiden Händen haltend, steht sie am Fenster und sieht ihm nach.

Schweigend hat er sein Frühstück eingenommen, schweigend seinen Apfel eingepackt, schweigend den Trenchcoat angezogen. Schon mit dem Handy in der Hand hat er ihr einen Abschiedskuss auf die Wange gehaucht, ein undeutliches „Bis heute Abend, Mäuschen" gemurmelt und die Tür hinter sich ins Schloss fallen lassen. An der Bewegung seiner Schulter und der Neigung des Kopfes hat sie erkannt, dass er bereits im Gehen die erste Nachricht tippt, während er den Weg zur Garage hinunter hastet und zwischendurch routinemäßg über die Schulter hinweg zurückgewinkt, ohne sich dabei umzudrehen. ‚Ohne mich eines Blickes zu würdigen', denkt sie und wartet, bis er den Wagen aus der Auffahrt auf die Straße gelenkt und mit quietschenden Reifen den Weg in die Stadt eingeschlagen hat.

Mit übereinander geschlagenen Beinen sitzt sie am Küchentisch, schenkt sich den Rest Kaffee ein, zieht den Laptop zu sich heran und ruft ihren Email-Account auf. Werbung, Werbung, Werbung, nur unterbrochen von ein paar Spendenaufrufen, Unterschriftsaktionen und Newslettern. Gerade will sie genervt auch die Email von Stayfriends löschen, als ihr Blick an der Überschrift hängen bleibt:

„Claudia, gratulieren Sie Felix zum Geburtstag."

Felix? Oh Gott, ja - morgen ist der 25.. Der 25. August - seit zweiundvierzig Jahren Felix' Geburtstag. Meine Güte, wie lange hat sie ihn nicht mehr gesehen, nichts von ihm gehört … zwanzig Jahre? Zweiundzwanzig? Fieberhaft rechnet sie nach: Genau 24 Jahre und ein Monat ist es her, seit er seine Abschiedsfete im Keller seiner Eltern gab, bevor er als Austauschschüler in die USA ging. Als er zwei Jahre später zurückkam, war sie in Hamburg … frisch verliebt, stets beschäftigt und glücklich, die heimatlichen Fesseln abgeschüttelt zu haben.

Unter der Dusche bedauert sie wieder einmal, dass sie sich so total aus den Augen verloren haben. Jahrelang sind sie den schier endlosen Weg von zuhause bis zur Schule am anderen Ende des Ortes gemeinsam gegangen, haben ihre Bücher ausgetauscht und sie anschließend diskutiert, haben sich für Musik-Sessions verabredet und die Gruppe „Wächter über den telepathischen Kontakt zu inner- und außerirdischem Leben" gegründet, in deren Sitzungen sie sich zum Beispiel dem „Liebesleben der Kieselsteine unter dem Einfluss ultravioletten Lichts" widmeten. So viel Spaß hatten sie - Felix, der schlaksige Junge, der seiner Größe wegen immer die Schultern einzog und sich ihr mit der größtmöglichen Neigung des Kopfes zuwandte, und sie, die Kleine, die zwischen ihm und dem ernsthaften, durchtrainierten Jörg mehr hüpfte als ging. Zumindest in ihrer Erinnerung sah sie immer zu ihnen auf und lachend von einem zum anderen. In ihrer Mitte fühlte sie sich sicher und geborgen.

Angezogen und geschminkt kehrt sie zum Laptop zurück. Mit der Hand auf der Maus sitzt sie da. Felix. Ja, morgen ist der 25., und irgendwie hat sie sogar nach all den Jahren dieses Datum noch als das seines Geburtstags abgespeichert. Aber bisher hat sie nie den Mut gehabt, ihm zu gratulieren.

Aber jetzt, da sie dem Link gefolgt ist und die Seite aufgerufen hat, sieht sie sein Foto - und grinst. Die Jahre sind also auch an ihm nicht spurlos vorübergegangen, soso. Wie er da so sitzt - irgendwo in einem Biergarten, vermutet sie - das Kinn locker in die Hand gestützt, den Kopf leicht geneigt, so dass man nur die rechte Gesichtshälfte sieht, könnte man meinen, er lausche gerade einem Gesprächspartner. ‚Tolle Haare hast du noch', murmelt sie voller Bewunderung für die im Sonnenlicht schimmernde Mähne, die sich üppig über dem Kragen seines Poloshirts wellt. Satt und zufrieden sieht er aus, doch es ist das ironische Lächeln in den Mundwinkeln dieses reifen Mannes, das sie veranlasst, den Button „Nachricht schreiben" zu drücken.

„Hallo, Felix! Alles Gute zum morgigen Geburtstag! Auch wenn du dich vielleicht nicht mehr - oder jedenfalls nicht gern - an mich erinnern willst nach mehr als zwei Jahrzehnten, wünsche ich dir für das neue Lebensjahr nur das Allerbeste! Herzliche Grüße - Claudia"

30 Minuten später:

„Hallo, Claudia! Also hör mal, wie kannst du annehmen, ich würde mich nicht an dich erinnern wollen? So viel Zeit kann gar nicht vergehen, als dass ich dich/euch vergessen könnte. Danke für deine mail. Habe mich sehr gefreut und glaube, wir bleiben noch ein bisschen in Kontakt. - Felix."

Ihr Herz schlägt schneller beim Lesen dieser Zeilen, und mit einem breiten Lächeln im Gesicht gesteht sie sich ein, wie sehr sie sich darüber freut. Kurz überlegt sie, ihn spontan zu sich einzuladen, um die alte, die uralte Freundschaft von damals wieder aufleben zu lassen, doch dann zögert sie. Felix, Jörg und Claudia - sie galten als unzertrennliches Dreigestirn, und irgendwann bekam sie sogar mit, dass Lutz Wetten annahm, welcher von beiden denn wohl endgültig an ihr „kleben" bleiben würde. Vermutlich hatten nicht wenige ihre Wette verloren, als sie noch während des Studiums Jörg heiratete - und nicht Felix.

Und obwohl Felix bereits lange vorher das Band zwischen ihnen gekappt hatte als er nach Amerika gegangen war, hatte der Tag ihrer Hochzeit das Ende ihrer Freundschaft bedeutet. Statt eines Glückwunsches, wie sie es von ihrem besten Freund erwartet hatten, hatten sie einen bitterbösen Brief von ihm bekommen, in dem er seine Enttäuschung darüber, dass sie ihn „auf schändlichste Weise hintergangen und schamlos betrogen hatten", in reichlich geschwollenen Worten zum Ausdruck brachte. Auch nach seiner Rückkehr aus den Staaten hatte er weder auf ihre noch auf Jörgs Versöhnungsversuche reagiert.

Und nun dies. Einerseits immer noch mit verstecktem Vorwurf (jedenfalls empfindet sie seine Worte so), andererseits aber doch mit Aussicht darauf, in Kontakt zu bleiben. Es reizt sie, ihn aus der Reserve zu locken und die alte Freundschaft auf die Probe zu stellen, doch gleichzeitig warnt sie eine innere Stimme vor Komplikationen, die sie womöglich heraufbeschwören könnte. Statt ihm also sofort zu antworten, googelt sie seinen Namen und ist in der nächsten Stunde damit beschäftigt, seinen Spuren im Internet zu folgen und ihn ganz neu kennenzulernen:

Felix Galonska (in Fachkreisen kurz „Gala" genannt), namhafter Modefotograf, gefragt in New

York (Upper West Side), Paris (Canal St. Martin) und Tokio (Harajuko), mit eigenen Studios in Düsseldorf und Kopenhagen. Zweimal verheiratet, einmal geschieden.

‚Zweimal verheiratet, einmal geschieden‘ heißt doch wohl, er ist verheiratet. Aha, interessant. Sie liest weiter, blättert in seiner Vita wie in einem Bilderbuch, sucht und findet ihn - oder auch nicht - in diversen Fotos und Interviews und zuckt zusammen, als das Telefon klingelt. Während sie Jörgs Mitteilung, dass es am Abend später werden könne, gelassen zur Kenntnis nimmt und ihm versichert, dass sie nicht auf ihn warten werde und er sich keine Sorgen machen müsse, reibt sie sich den schmerzenden Nacken und beschließt, nachher in die Sauna zu gehen. Im selben Moment ertönt das gewohnte „Pling“ ihres Laptops, das ihr den Eingang einer Mail ankündigt.

„Ich nochmal, Clody. Erfahre gerade, dass ich nächste Woche geschäftlich in Hamburg zu tun haben werde, könnte mich aber wohl für einen Tag freimachen. Was hältst du von einem Treffen?“

Ihr Herz macht einen Hüpfer, als sie ihren alten Spitznamen geschrieben sieht, und sie meint fast, seine Stimme zu hören, wie sie kiekste, wenn er die zweite Silbe übertrieben französisch betonte. Sie lacht leise auf, doch noch ehe sie den Laptop näher zu sich herangezogen hat, um ihm zu antworten, ertönt bereits das nächste „Pling“:

„Seid ihr eigentlich noch zusammen? Wohnt ihr überhaupt noch in Hamburg?“

Einen kurzen Moment zögert sie, dann schreibt sie: „1. Ja, 2. Ja und 3. Ja.“

Nur Sekunden später liest sie: „?? Heißt das: Ja, ich stimme einem Treffen zu; ja, wir sind noch zusammen und ja, wir wohnen noch in Hamburg?" „Ja." „Danke für diese erschöpfenden Auskünfte. Du warst schon immer eine Frau des Wortes, jetzt erinnere ich mich wieder ..." Grinsend schickt sie ihm einen Smiley, schreibt „melde dich einfach, wenn du hier bist" und klappt den Laptop zu.

Die drei Saunadurchgänge haben sie so wunderbar müde gemacht, dass sie froh ist, gleich ins Bett gehen zu können und nicht auf Jörg warten zu müssen. Im Halbschlaf registriert sie, wie eine kleine Ewigkeit später auch er ins Bett kommt, sich über sie beugt und ihr ein „Ich bin wieder da, Mäuschen" ins Haar haucht, und wohlig grummelnd schiebt sie sich in seinen Arm und rollt sich an seiner Brust zusammen.

Als er ihr am Frühstückstisch gegenüber sitzt, wie immer sehr aufrecht und die zur Hälfte gefaltete Zeitung lesebereit neben der Kaffeetasse platziert, fällt ein Sonnenstrahl auf sein blondes Haar, das auf dem Oberkopf schon sichtbar dünner wird. „Da kommt die Kniescheibe durch", witzelt er gern, wenn er darauf angesprochen wird, und vor ihrem inneren Auge sieht sie die Bewegung, mit der er sich bei diesen Gelegenheiten über den Kopf streicht. Sie liebt seine Hände mit den langen, schlanken Fingern, die immer warm und trocken sind. Sie lässt die Kaffeetasse sinken und betrachtet diese Hände, die ihr so vertraut sind, die im Laufe der Jahre jeden Zentimeters ihres Körpers erforscht und ertastet haben, die immer wissen, wo sie noch ein bisschen verweilen oder nur zart drüber hinweggleiten dürfen, die ihr auf ungezählte Arten sagen, dass sie schön und begehrenswert ist.

Ein leises „Pling" weckt sie aus ihrer Versunkenheit, und über den Rand seiner Lesebrille hinweg schickt Jörg ihr einen leicht gereizten Blick. „Kannst du nicht bitte endlich dieses nervtötende ‚Pling' abstellen, Mäuschen?", fragt er, und das Lächeln in ihrem Gesicht verlischt.

Wortlos greift sie nach dem Laptop, öffnet ihren Email-Briefkasten und hält instinktiv die Luft an, als sie den Absender erkennt: foto@gala.com. Schon öffnet sie den Mund, um Jörg auf die neue Mail von Felix aufmerksam zu machen, doch ein Blick in sein verschlossenes Gesicht mit der steilen Falte zwischen den Brauen lässt sie schweigen. Lautlos schließt sie den Laptop, steht auf und beginnt, den Frühstückstisch abzuräumen. - Mit einem wie üblich in ihr Haar gehauchten „Bis heute Abend, Mäuschen" ist er wenig später zur Tür hinaus und auf dem Weg in die Stadt.

„Hi, Clody!", liest sie, als sie mit untergezogenem Bein und einem angenagten Brötchen in der Hand Sekunden später vor ihrem Laptop sitzt. „Bist du schon wach? Ich hoffe, du hast gut geschlafen? Ich nicht. Muss gestehen, dass mich deine Mail gestern kalt erwischt hat. Bin nicht wirklich zur Ruhe gekommen, stelle fest, dass da auf meiner Seite erheblicher Klärungsbedarf besteht. - Schenkst du mir ein paar Minuten? Sozusagen zum Geburtstag?"

Nachdem sie ihm also zunächst einmal herzlich gratuliert und ihm alles erdenklich Liebe und Gute gewünscht hat, schreibt sie: „Ich denke, Klärungsbedarf besteht nicht nur bei dir, sondern ebenso bei uns. Und ich würde mich freuen, wenn wir alte Ressentiments aus der Welt schaffen und zu einem

Neuanfang durchstarten könnten. Aber meinst du wirklich, dass wir das per Mail versuchen sollten?"

„Wieso nicht? Wir könnten jedenfalls auf diesem Wege schon mal ‚die Fronten klären', denke ich. Die Feinheiten erarbeiten wir uns dann nächste Woche, wenn ich in Hamburg bin …", und ehe sie sich's versieht, fliegen ihre Finger über die Tasten, folgt ein „Pling" dem anderen, und erst, als der Paketbote klingelt und sie auf ihrem Weg zur Tür am Spiegel vorbeikommt, wird ihr klar, dass sie weder geduscht, noch angezogen, ja, nicht einmal gekämmt ist.

Als sie sich schließlich von Felix verabschiedet, ist es elf Uhr vorbei. „Hast du eigentlich nichts zu tun?", hat sie ihn gefragt, und begleitet von einem fetten Smiley schreibt er zurück: „Genau das wollte ich dich auch gerade fragen!" „Mach's gut, Großer", tippt sie schnell, und er antwortet: „Morgen früh - selbe Stelle, selbe Welle?"

Als Jörg ausnahmsweise einmal pünktlich aus dem Büro nach Hause kommt, findet er seine Frau mit geröteten Wangen und leise vor sich hin summend beim Silberputzen vor. „Bist du krank, Mäuschen?", fragt er und legt ihr besorgt eine Hand auf die Stirn. Lachend schüttelt sie ihn ab, trocknet die Hände im Geschirrtuch und fragt: „Weil ich Silber putze, meinst du? Ich weiß auch nicht, irgendwie hatte ich plötzlich das Bedürfnis, die alten Sachen mal wieder zum Glänzen zu bringen …" Von Felix erzählt sie nichts, und als Jörg ihr wenig später eröffnet, dass er Anfang der Woche für ein paar Tage nach Frankfurt müsse, bleibt sie erstaunlich gelassen. Seinen verwunderten Blick bemerkt sie nicht.

Pünktlich am nächsten Morgen setzt sie ihre Unterhaltung mit Felix fort. Diesmal hat er allerdings wirklich zu tun und muss sie schon nach wenigen Minuten auf den frühen Nachmittag vertrösten, doch noch während sie ihr Fahrrad für die Einkäufe auf dem Markt aus der Garage holt, vibriert ihr Handy in der Jackentasche: Mittels per WhatsApp übersandtem Selfie streckt er ihr grinsend die Zunge raus. „Blödmann!", schreibt sie zurück, schüttelt lachend den Kopf und macht sich auf den Weg zum Markt.

Am Nachmittag verweigert sie ihm noch hartnäckig ein Foto von sich, doch schon am nächsten Morgen hat er sie soweit: Kaum hört sie Jörgs Wagen aus der Auffahrt in die Straße zur Stadt einbiegen, steht sie auch schon vorm Spiegel. Soll sie die Haare offen tragen oder aufstecken? Hm, Männer lieben Frauen mit Mähne … Jörg allerdings behauptet immer noch, dass sie mit Pferdeschwanz um Jahre jünger aussieht. Der neue Mascara klumpt, für einen Lidstrich ist sie zu zittrig, und am frühen Morgen bereits Lippenstift aufzulegen, geht ihr gegen den Strich. Schließlich steht sie sich fast ungeschminkt, doch mit vor Aufregung geröteten Wangen gegenüber, zieht ein paar mal probeweise die Mundwinkel hoch und klappt dann seufzend den Laptop auf. „Okay, du hast gewonnen", schreibt sie, macht ohne noch lange zu überlegen ein Foto von sich und schickt es auf die Reise.

Schon Sekunden später kommt seine Antwort: „Wow!!!! Du siehst umwerfend aus, Clody!"

Ohne weitere Erklärungen, sozusagen in schweigender Übereinkunft, verabschieden sie sich übers Wochenende. „Bis Montag - vergiss mich nicht!" „Bis Montag - ich freu mich drauf..."

Als Jörg am Samstagmorgen verschwitzt und atemlos von seiner Joggingrunde zurückkehrt, hat Claudia den Frühstückstisch gedeckt mit allem, was der Kühlschrank zu bieten hat: Rührei, Lachs und Schinken, diverse Marmeladen und Konfitüren, Joghurt und Käse und dazu Croissants, Brötchen und Jörgs heißgeliebtes Vollkornbrot. „Gibt's was zu feiern?", fragt er mit einem Blick auf den gut bestückten Tisch. „Nö", lächelt sie. „Ich dachte nur grad an alte Zeiten, als wir so lange gefrühstückt haben, dass die Mittagszeit schon vorbei war, und wie schön wir es uns dann immer hinterher machten ..." Er wirft ihr einen prüfenden Blick zu, fährt sich mit dem Handtuch über das schweißglänzende Gesicht und sagt: „Ich geh duschen ..."

Nachdem er am Nachmittag noch fluchend und schimpfend, doch mit dem für ihn typischen Ehrgeiz ihr Fahrrad repariert hat, machen sie am Sonntagmorgen eine lange Tour an der Außenalster entlang, kehren zu Mittag bei ihrem Lieblingsitaliener ein und sitzen schließlich gemütlich auf einer Bank in der Sonne, die Füße weit von sich gestreckt und beide mit einem riesigen Eis in der Hand. Blinzelnd legt Claudia den Kopf an seine Schulter, von wo er allerdings schnell durch Jörgs plötzliche Niesattacke vertrieben wird.

Nach Hause zurückgekehrt, hilft sie ihm, den Koffer für die Geschäftsreise zu packen, und nachdem sie ihm noch den Reader und eine extra große Tafel Schokolade gereicht hat, verkündet er bedauernd, dass er leider, leider die Verhandlungen noch vorzubereiten und ein wenig zu arbeiten habe. -

Bewaffnet mit einem Glas Wein und einer Tüte Chips gönnt Claudia sich den Tatort aus Münster.

Pünktlich um 6.30 Uhr am Montagmorgen wartet Jörgs Taxi vor der Tür. Rasch fasst er seine Frau bei den Schultern, zieht sie zu sich heran und drückt ihr einen leicht verrutschten Kuss auf den Mund. „Ich ruf dich an, Mäuschen", verspricht er bereits im Gehen. „Kann aber später werden, okay?" Sie steht noch in der Tür und winkt ihm nach, als sie bereits vom Küchentresen her das altbekannte „Pling" hört.

„Ankomme Fuhlsbüttel 9.25 Uhr. Holst du mich ab?"

Ein wenig fassungslos starrt sie auf die Mail. Hatte er nicht gesagt, er könne sich „einen Tag freimachen"? Jetzt scheint er es plötzlich ziemlich eilig zu haben, stellt sie fest und gesteht sich ein, dass sie sich geschmeichelt fühlt. Doch sie zögert, hat das Gefühl, sich so schnell nicht auf sein Spiel einlassen zu dürfen … einlassen zu wollen.

„Sorry, das schaffe ich nicht", schreibt sie also. „Vielleicht können wir uns irgendwo zum Essen treffen? Jörg musste leider heute morgen nach Frankfurt." Sie muss nicht lange auf seine Antwort warten. „Tut mir leid, Clody - Geschäftsessen! Kann ich unmöglich absagen. Aber heute Abend bin ich - erstmal jedenfalls - alle Verpflichtungen los. Ich wohne im ‚Atlantic', da kann man auch ganz gut essen. Kommst du?"

Kurz überlegt sie, was sie wohl zu einem Essen im ‚Atlantic' anziehen soll, doch dann schreibt sie: „Okay. 19.00 Uhr?" „Abgemacht! Ich freu mich auf dich …" Es folgen eine Reihe Smileys, die mit einem pochenden Herzen enden. Mit hochroten Wangen klappt sie den Laptop zu.

„Herr Galonska bittet vielmals um Entschuldigung, gnädige Frau: Er wurde aufgehalten und bedauert zutiefst, sie nicht im Foyer begrüßen zu können. Er wäre Ihnen aber unendlich dankbar, wenn Sie sich zu ihm hinauf bemühen würden - er bewohnt die Suite im 4. Stock." Das Lächeln des Mannes an der Rezeption ist offen und herzlich, nichts deutet darauf hin, dass dieses Anliegen eines Hotelgastes in irgendeiner Weise ungewöhnlich oder gar anstößig sein könnte. Und schließlich ist es nur Felix, den sie hier treffen wird, wenn es sie auch im ersten Moment ein wenig in Verlegenheit gebracht hat, dass er in diesem teuren Hotel eine ganze Suite bewohnt.

Sie erwidert also das Lächeln des Rezeptionisten und nickt, als er den Liftboy heranzitiert und sie bittet, ihm zu folgen. „Vielen Dank, gnädige Frau, das ist wirklich sehr freundlich von Ihnen." Und während seine Hand schon zum Telefon greift: „Wenn Sie gestatten, werde ich Herrn Galonska von Ihrem Eintreffen benachrichtigen …"

Lautlos schließen sich die Türen des Lifts hinter ihr, lautlos schwebt er nach oben. Mit einer Verbeugung weist der Liftboy ihr den Weg zu Felix' Suite, und hoch aufgerichtet, doch mit pochendem Herzen setzt sie einen Fuß vor den anderen, wobei die Absätze ihrer Schuhe im dichten Flor des Teppichs versinken.

Gerade will sie an der auf Hochglanz polierten Tür der Suite klopfen, als sie bemerkt, dass sie nur angelehnt ist. Von drinnen hört sie Gemurmel, dann ein Lachen. Vorsichtig stößt sie die Tür weiter auf, darauf gefasst, dass sie sich in der Zimmernummer geirrt hat oder Felix doch nicht allein ist. Doch im mannshohen Spiegel, der den Gast im Eingangsbereich dieser Suite empfängt, sieht sie Felix mitten in einem luxuriös eingerichteten Salon stehen - nackt bis auf ein um die Hüften geschlungenes Handtuch, ein Whiskyglas in der einen und ein Handy in der anderen Hand. Gerade lässt er ein derbes Lachen hören, dreht sich auf einer Ferse halb herum und sagt: „Oh … sorry, alter Kumpel! Tut mir echt leid, Jörg, aber ich fürchte, du hast verloren. Du kannst schon mal dein Scheckbuch zücken! Ja, natürlich - ich mach keine Witze. In diesem Moment ist sie auf dem Weg nach oben …"

In guten wie in schlechten Zeiten

Draußen herrscht finsterste Dunkelheit. In der kaum merklich vibrierenden Fensterscheibe des dahin rauschenden Zuges sieht sie ihr blasses Gesicht gespiegelt. Jedes Mal, wenn der Zug eine Weiche passiert, wird dieses gespiegelte Gesicht erschüttert, gerät es in Schwingung und setzt sich neu zusammen. ,Das wär's', denkt sie, lächelt sich zaghaft zu und lehnt sich im Sitz zurück. ,Sich neu zusammensetzen, sich neu erfinden ... das wär eine Chance."

Während der Zug mit Höchstgeschwindigkeit Richtung Süden rast, kehren ihre Gedanken zurück in den Norden. Wie in Trance hat sie ihren Koffer gepackt, sich ein Taxi bestellt und den winselnden Hund zum Abschied an sich gedrückt, und schon wenige Minuten später, so kommt es ihr vor, stand sie auf dem zugigen Bahnsteig mit dem Ticket in der Hand.

Das rhythmische Geräusch der auf den Schienen dahingleitenden Räder hat eine geradezu hypnotische Wirkung. Fast ist sie versucht, sich ihm zu überlassen, doch sie weiß, dass sie das nicht darf, dass sie es ihm - und letztlich auch sich selbst - schuldig ist, wach und aufmerksam zu bleiben, zu lauschen und die Signale aufzufangen, die ihr Innerstes ihr sendet. Noch sträubt sie sich, denn es kratzt am Bild ihrer heilen Welt, an dem sie lange und hart gearbeitet hat. Noch wehrt sie sich und teilt die Schuld zwischen ihnen auf, schiebt sie mal hierhin und mal dorthin. Doch ganz tief in ihrem Inneren hat sich bereits eine Stimme erhoben, sehr zart noch, fast lautlos, doch unüberhörbar. Und diese Stimme wiederholt nicht nur die Worte, mit denen er sie durchbohrte, sondern auch all das Ungesagte, das aus seinen Augen den direkten Weg in ihr Herz fand.

„Du warst die Frau, mit der ich alt werden wollte", hat er gesagt, und die Vergangenheitsform, die er für seine Worte wählte, nahm ihr den Atem. „Durch Dick und Dünn wollten wir zusammen gehen, einer für den anderen einstehen - aber plötzlich steh ich allein da. Und wo bist du? - Ich finde dich nicht mehr ..." Die abgrundtiefe Trostlosigkeit in seiner Stimme, die Enttäuschung in seinem Gesicht sind überwältigend, sie treiben ihr die Tränen in die Augen. Hilflos hebt sie die Hände, will ihn festhalten, will erklären - doch er ist schon aufgestanden, hat die Jacke vom Haken genommen und die Tür hinter sich geschlossen.

Lange sitzt sie da. Lässt die Bilder hinter den Lidern vorbeiziehen, spürt wieder den Schmerz, dem sie nichts entgegenzusetzen hat. Erst, als ihr Atem wieder gleichmäßig zu fließen beginnt, als der Hund seinen schweren Kopf auf ihr Bein legt und ihr tröstend die Hand leckt, richtet sie sich auf. Und weil sie eigentlich doch schon seit langem weiß, was kommen wird, nimmt sie den Hundekopf in beide Hände, sieht dem Tier in die feucht schimmernden Augen und flüstert: „Bleib du bei ihm - er braucht dich."

Gerade donnert der Zug durch einen Tunnel. Das Licht flackert, verlischt kurz, flackert erneut. Der Mann neben ihr räkelt sich, grunzt leise und dünstet Zwiebelgeruch aus. Die junge Frau auf dem Sitz an der Tür wimmert, schreckt hoch und sinkt wieder zurück, ein zusammengeknülltes Taschentuch fest in der Hand.

In Gedanken kehrt sie zurück zum Anfang. Zum Anfang vom Ende. Denn dass es das Ende war, sieht sie jetzt deutlich. Er war nach Hause gekommen, aufgewühlt und voll von dem Erlebnis, hatte ihr immer wieder und in immer mehr Details geschildert, wie sich alles zugetragen hatte, wie er den Mann am Bahngleis beobachtet hatte, wie der ihm schon gleich „irgendwie verdächtig" vorgekommen sei, wie er ihn instinktiv im Auge behalten und dann, im entscheidenden Augenblick, zugegriffen und ihn am Springen gehindert habe ... und hatte nicht wahrgenommen, nicht einmal gehört, wie sie in einer Pause, in der er die Bilder dieses Abends noch einmal an seinem geistigen Auge vorbeiziehen ließ, fast tonlos gesagt hatte: „Ich habe es verloren."

Zwar hatte er den Kopf geschüttelt, sich mit beiden Händen übers Gesicht gestrichen, sich die Haare gerauft und nach dem Bierglas gegriffen; zwar war er den Rest des Abends schweigsam geblieben, hatte gedankenverloren vor sich hingestarrt und vergessen, den Fernseher einzuschalten. Doch diese Konzentration hatte nicht ihr gegolten, nicht ihrem Baby, ihrem gemeinsamen Kind - das Lächeln auf seinem Gesicht hatte ihr den Mann gezeigt, der ein Leben gerettet hatte, nicht den, der eines verloren hatte.

Und in den Tagen und Wochen, die diesem Abend folgten, war die Kälte eingezogen in ihr Haus.

Anfangs hatte sie noch versucht, sich mit ihm und für ihn zu freuen, hatte gelächelt, wenn man

111

ihm gratulierte, ihm anerkennend auf die Schulter klopfte oder nur bewundernd zunickte.

Als dann der Gerettete mit Frau und Kindern vor der Tür stand, sich tränenreich und überschwänglich bedankte und schwor, von nun an seinen Geburtstag am Tage seiner Rettung und natürlich nur in Anwesenheit seines Retters zu feiern, war auch sie gerührt gewesen. Als der Gerettete dann aber mit einer Journalistin und einem Fotografen im Schlepptau zurückkam, als das Interview in der Zeitung erschien unter dem Titel „Fast zuviel für einen Menschen: Ein Leben gerettet, ein anderes verloren", wäre sie am liebsten unsichtbar geworden.

Jedem, der des Lesens kundig war, wurde in blumigen Formulierungen und großen Worten geschildert, wie er, der Retter, aufmerksam und immer präsent seine Mitmenschen beobachtet; wie er im Laufe seines Lebens einen Blick entwickelte für die Last, die einer mit sich herumträgt oder den Kummer, der ihn niederdrückt; wie er es als selbstverständlich erachtet, die eigenen Belange zurückzustellen, wenn es gilt, dem Nächsten eine helfende Hand zu reichen - und wie ihm doch selbst noch an jenem Tag der größte Kummer seines Lebens aufgebürdet wurde, als er vom Tode seines zwar noch im Mutterleib befindlichen, doch bereits jetzt schon heiß geliebten Kindes erfuhr. „So dicht können Freud und Leid, Leben und Tod zusammenliegen" hatte der Artikel geschlossen, und auf dem Foto war er zu sehen gewesen, wie er in stummer Verzweiflung die Finger auf die geschlossenen Augen drückt.

Der Zug rauscht durch die Nacht. Als sie die Augen schließt, spürt sie wieder den brennenden Schmerz, der aus dem Bauch aufsteigt hinauf in die

Kehle. Doch bevor er sich als Schrei entladen kann, schluckt sie ihn wieder hinunter - schluckt und würgt und würgt und schluckt, bis er seinen Platz wieder eingenommen hat und das Loch in ihrem Bauch füllt … dort, wo sie noch immer ihr Kind spürt.

Ja, Schatz!

Er hat penibel wie immer seine Spuren im Bad beseitigt, hat exakt vier Minuten lang quer gelüftet, hat die Spülmaschine ausgeräumt, den Müll rausgetragen und sich ihre Wünsche für den nachmittäglichen Einkauf notiert. Jetzt sitzt Edmund entspannt und mit übergeschlagenen Beinen in seinem alten Sessel vorm Fenster, hat die Fingerspitzen befeuchtet und die Zeitung entfaltet, und während er als erstes die Sportberichte vom Wochenende studiert, fühlt er mehr, als dass er es hört, wie ihre Stimme hinter dem Bügelbrett hervor zu ihm hinüber tönt. Ohne dass er hätte sagen können, wie es geschah, ist die allmorgendliche Litanei für ihn zur Untermalung seiner täglichen Lektüre geworden, zu einem festen Bestandteil des Alltags mit all seinen Reglementierungen, Gewohnheiten, Sitten und Gebräuchen, und genau wie das ewig gleiche Auf und Ab ihrer Stimme, die mit hämmerndem Staccato oder anschwellendem Crescendo jeden Morgen wieder versucht, ihn in Bann zu schlagen, genau so schaltet er auf Durchzug in dem Moment, in dem er nach der Zeitung greift. So wie sie ihren CD-Player auf „Random" programmiert, sobald sie ihre Dirty-Dancing-CD startet, so schaltet auch Edmund um:

Je nachdem, welche Tonlage ihn erreicht, antwortet er mit einem abwartenden „Hmmm..." oder einem zustimmenden „Ja, Schatz ..." hinter seiner Zeitung hervor. Meistens ist es ein „Ja, Schatz ...", weil ihm das den größtmöglichen Frieden beschert.

Edmund und Rita sind seit 41 Jahren verheiratet. Seit zwei Monaten ist Edmund im Ruhestand, d.h. dauerhaft von morgens bis abends zuhause.

„Ich werde ständig drauf angesprochen, wie ich es nur aushalte mit dir den ganzen Tag hier im Haus", hat Rita schon mehrfach geäußert, wenn sie vom Markt oder vom Friseur kommt. „,Mein Mann und ich sind eine Einheit', sag ich dann immer", und Edmund schaut fasziniert zu, wie sie vorm Spiegel die Lippen nachzieht und dunkelviolett einfärbt. „Die wollen doch alle bloß Schauermärchen hören", fügt sie hinzu, zupft sich die Stirnlocke zurecht und probiert einen neuen Knoten für ihr Halstuch aus. „Sensationslüstern sind die, weiter nichts! Wenn ich denen erzählen würde, dass wir uns seit deiner Verrentung hier die Köppe einschlagen, dass ich dir das Bier und die Pantoffel bringen darf, während du mich mit Füßen trittst ... ja, das würde ihnen gefallen! Aber nichts da! Darauf können sie lange warten! Von mir hören sie keine Klagen - von mir nicht!"

Und während Edmund für einen kurzen Moment versucht, sich vorzustellen, wie es wohl wäre, wenn Rita ihm das Bier und die Pantoffel brächte, sagt er, wie sie es erwartet: „Ja, Schatz ...", und widmet sich endlich der Titelseite, das heißt den ernsten Themen des Tages, denen von Politik und Gesellschaft. Edmund selbst bezeichnet sich insgeheim gern als „Zwei-Dimensionen-Denker", weil er es seit Jahrzehnten trainiert, in der einen Dimension seine Zeitung zu lesen, aufzunehmen und zu verstehen - und in der zweiten, sozusagen untergeordneten Dimension, auf die Intonationen seiner Frau zu lauschen, um sie je nach Bedarf mit einem wohlwollenden ‚hmmm...' oder einem mehr oder weniger empathischen ‚ja, Schatz...' bedienen zu können.

Von jeher sind sie mit dieser Strategie gut gefahren. Auch nach all den Jahren lebt Rita in der Überzeugung, Edmunds Aufmerksamkeit nur mittels ausführlicher Darlegung stichhaltiger Argumente und Beweise gewinnen zu können, wobei sie notfalls auch vor Wiederholungen nicht zurückschreckt, während Edmund sich in dem Bewusstsein sonnt, mittels unendlicher Toleranz und Nachsichtigkeit den ehelichen Frieden am Leben und seine Frau bei guter Laune erhalten zu haben.

Heute allerdings spürt Edmund zum ersten Mal seit dem 11. September 2001, als nämlich Rita plötzlich und nachhaltig verstummte, eine neue, nie dagewesene Dimension. Während er sich tapfer bemüht, St. Paulis Chancen gegen den MSV Duisburg einigermaßen objektiv einzuschätzen, schwingt Ritas Stimme in der zweiten Dimension lebhaft auf und ab, wechselt zwischen Staccato und Crescendo, Vibrato und Pizzicato, um schließlich eine ganz neue, irgendwie beunruhigende Tonlage in die tägliche Korrespondenz ihrer Schwingungen einzubringen. Hinter seiner Zeitung hervor murmelt Edmund denn auch wiederholt ein demonstrativ beruhigendes „Ja, Schatz ...", um sich erst in dem Moment, in dem er raschelnd und knisternd die Seiten der Zeitung strafft und umblättert, der Stille, der absoluten, alles umfassenden, schwer lastenden Stille hinter dem Bügelbrett bewusst zu werden.

Langsam, ganz langsam lässt er die Zeitung sinken, späht vorsichtig erst über den Brillen-, dann über den Zeitungsrand und runzelt erschrocken die Stirn: Das Bügeleisen ruht auf seinem blauweiß gestreiften Hemd, zarte Rauchfäden kräuseln sich zur Zimmerdecke hinauf, während Rita sich schwer atmend und mit beiden Händen auf dem Bügelbrett abstützt. Ihre Augen sind weit aufgerissen, mit einem Ausdruck ungläubiger Fassungslosigkeit starrt sie ihn an.

„Schatz? Ist alles in Ordnung? Geht's dir nicht gut?" Edmund lässt die Zeitung sinken, bereit aufzuspringen und seiner Frau zur Hilfe zu eilen. „Rita? Rita, was hast du?" Jetzt hat er sich schon halb erhoben, da lässt Rita pfeifend die Luft raus, reißt den Stecker des Bügeleisens aus der Steckdose und das versengte Hemd vom Brett und öffnet und schließt den Mund, ohne dass ein Ton herauskommt. Eine sprachlose Rita! Das hat Edmund noch nicht erlebt, er springt auf, lässt den Blick auf der Suche nach dem Telefon durch den Raum huschen und überlegt fieberhaft, ob er jetzt die 110 oder die 112 wählen muss, als Rita keuchend fragt: „Du gibst es also zu?"

„Was? Was geb ich zu?" Edmund ist völig verwirrt. Entgeistert starrt er seine Frau an, die zerknitterte Zeitung raschelt in seiner herabbaumelnden Hand. „Ich bitte dich, Edmund", stöhnt Rita auf. „Zum Leugnen ist es jetzt zu spät ..." Und bestürzt beobachtet Edmund, wie sich ein Schatten über ihr Gesicht legt - ein Schatten wie von Traurigkeit.

„Ich versteh dich nicht, Liebes - wovon sprichst du denn nur?", fragt Edmund, nun wirklich alarmiert. Der Blick aus ihren graublauen Augen ist trübe, ‚waidwund' ist das Wort, das sich Edmund in diesem Moment aufdrängt. Er lässt die Zeitung auf seinen Sessel fallen, geht mit unsicheren Schritten auf seine Frau zu und fasst sie vorsichtig bei den Schultern, wobei er unbewusst registriert, wie wunderbar rund und weich sie sich anfühlen.

Langsam hebt Rita den Blick. Es kostet sie Kraft, das ist unverkennbar, doch sie hat den Nacken gestreckt und den Kopf erhoben, und auch wenn diese graublauen Augen gerade ziemlich feucht schimmern, ist sie doch bemüht, ihrer Stimme so etwas wie Festigkeit zu verleihen, als sie ihn jetzt fast flüsternd bittet: „Edmund, sag mir die Wahrheit. Ich kann alles ertragen, nur keine Lüge. Hast du …? Oder hast du nicht?"

Noch immer weiß er nicht, wovon sie spricht, fürchtet sich fast vor dem verschreckten, ängstlichen Ausdruck auf ihrem Gesicht. Wieder versucht er, ihr beruhigend die Hände auf die Schultern zu legen, doch ehe er noch die weiche Rundung erfassen kann, hat sie sich ihm schon entzogen. „Edmund, hast du mit dieser Frau geschlafen oder nicht?"

Jetzt ist es an Edmund, die Augen aufzureißen. „Ich? Mit welcher Frau? Rita, wovon redest du?" Rita tritt einen Schritt zurück, greift wieder nach dem angesengten Hemd und zwirbelt mit zitternden Fingern an dem erstbesten Knopf herum. „Mit der Frau vom Zahnarzt! Eben hast du's doch zugegeben: Als ich dir von den Gerüchten erzählte und dich - eigentlich nur im Scherz - fragte, ob du mit dieser Frau Dabelstein geschlafen hast, hast du ,Ja, Schatz' geantwortet, als wär' es das Selbstverständlichste von der Welt! - Und jetzt tust du so, als wüsstest du nicht, wovon ich rede? Edmund, ich bitte dich, das ist unwürdig …" Und jetzt kullern tatsächlich die Tränen über Ritas Gesicht, und während Edmund sein Taschentuch aus der Hosentasche zerrt, hat Rita das ihre schon parat, und Edmund fühlt sich so hilflos wie noch nie: Rita weint.

In Edmunds Hirn regiert das Chaos. Der Zahnarzt - Dr. Dabelstein ... seine Frau .... Frau Dabelstein. Kennt er die überhaupt? Wie sieht die denn aus? Wann war er denn zuletzt beim Zahnarzt? Müsste er da nicht überhaupt längst mal wieder einen Termin machen? Oh Gott - nein, auf keinen Fall ... unter diesen Umständen ... niemals! Ja ... unter was für Umständen denn eigentlich? Mit dem endlich hervorgezerrten Taschentuch fährt Edmund sich über die Stirn, wischt sich die Schweißperlen fort und stammelt: „... aber, Liebling, lass dir doch nichts einreden! Wer erzählt denn sowas? Rita, Liebling, du kennst mich doch ... traust du mir das wirklich zu?"

Statt einer Antwort richtet Rita sich auf, richtet sich auf zu voller Größe und strafft die Schultern, dass ihr immer noch ansehnlicher Busen sich rund und handlich unter dem Shirt abzeichnet. „Man hat euch beobachtet, Edmund." Ihre Stimme ist leise, aber fest, und ihre Augen haben sich zu irgendwie glimmenden Schlitzen verengt. „Du hast sie geküsst, sagen sie - innig geküsst, und deine Hand hat ihre Spange gelöst und ihr Haar zerwühlt. Sie hat das Bein um dich geschlungen, dieses schlanke, lange, unendlich lange Bein, und mit ihren Fingernägeln ... diesen knallroten, künstlichen Fingernägeln ... hat sie sich in deinem Hemd festgekrallt. Und dann hast du sie gegriffen, sagen sie, und sie an dich gerissen, an dich gepresst ... und das hatte so etwas Kraftvolles, sagen sie, sowas Absolutes. Und ihr seid auf den Behandlungsstuhl zugetaumelt und darauf niedergesunken, sagen sie, eng umschlungen und wie in Ekstase ... und ihr habt euch geliebt, sagen sie, und es war wie ein Erdbeben ... wie ein Vulkanausbruch ... wie ein ..." Jetzt haben

Edmunds Lippen die ihren erreicht, jetzt verschließt er mit seinem Mund den ihren. Sanft, doch sehr bestimmt greift seine Hand über das Bügelbrett hinweg nach ihr, raunt er mit heiserer Stimme an ihrem Hals, genau dort in der Kuhle, in der sich Himmel und Erde begegnen: „... und das alles hast du wirklich geglaubt?"

Und mehr spürbar als hörbar flüstert Rita ganz dicht an seinem Mund: „Ja, Schatz ..."

Schweinehund

Endlich springt die Ampel auf Grün. Eine halbe Ewigkeit haben sie hier gestanden und den Gegenverkehr ziehen lassen, jetzt - endlich - sind sie dran. Sie lässt den Motor aufheulen, als ihr Vordermann nicht sofort in Gang kommt, ein Blick auf die Uhr sagt ihr, dass es knapp wird. Wie immer ist sie erst auf die letzte Minute losgekommen, jetzt bleiben ihr gerade noch drei Minuten für die restliche Strecke, die Parkplatzsuche und den Sprint in die Praxis. ‚Aber ich schaffe das...', denkt sie, ‚ich schaffe das ...'

Direkt hinter dem Ortseingangsschild registriert sie im Vorbeifahren einen beigefarbenen Pickup, der schräg von der Straße weg ins Gebüsch gefahren wurde, und aus dem Augenwinkel sieht sie eine Frau im olivgrünen Parka, wie sie sich vorsichtig und tastend dem Dickicht nähert. ‚Sie sucht etwas', durchzuckt es sie, obwohl sie mit ihrer Aufmerksamkeit eigentlich bei ihrem Termin ist, den sie nur noch mit Mühe wird einhalten können, und vor ihrem geistigen Auge blitzt das Bild eines angefahrenen Tieres auf - eine Katze oder ein Hund, genau kann sie es nicht erkennen, auf alle Fälle aber ein Körper, der durch den Aufprall auf einen vorbeifahrenden Wagen hoch durch die Luft und ins Gebüsch geschleudert wird. Fünfzig Meter weiter steht in der Bus-Haltebucht ein schwarzer BMW: Sein Fahrer, jung, erfolgreich und dynamisch in bestem Business-Zwirn, umkreist mit weit aufgerissenen Augen und sorgenvoll zerfurchter Stirn seinen chromglänzenden Wagen, vorsichtig streicht seine Hand über den rechten Scheinwerfer seines Schlittens. „Aha, du warst das also", denkt sie voller Empörung. „Überfährst ein Tier und fürchtest nur um deinen Wagen, was? Himmel, diese Yuppi-Typen - allesamt rücksichtslos und kaltherzig!"

Sie weiß, dass sie der Frau im Parka helfen sollte. Sie möchte ihr helfen, klar, aber ihr Termin ... Ein Blick auf die Uhr ihres Wagens sagt ihr, dass sie sowieso schon zu spät kommt, und in Gedanken verspricht sie ihr, verspricht nicht nur ihr, sondern auch dem angefahrenen Tier, dass sie zurückkommen wird so schnell sie kann, sie wird sich beeilen, ja, ich helfe euch gleich ... und doch ... sie versucht, die Stimme zum Schweigen zu bringen, sie ist unbequem und ketzerisch ... doch ganz tief in ihrem Inneren spürt sie ihren Stachel, etwas wie das Zucken eines Nervs, und endlich gesteht sie sich ein, dass die Hoffnung darauf, die Frau im Parka möge das Tier gefunden und bereits zum Tierarzt gebracht haben, wenn sie zurückkommt, mindestens ebenso groß, ja fast größer noch ist als der Wunsch zu helfen. ‚Ich hab Angst', flüstert sie fast lautlos. ‚Angst vor diesem Leid, diesem Schmerz, diesem Tod ...'

Auf einer anderen Ebene in ihrem Kopf laufen Bilder ab. Bilder von einem Hund, einem kleinen, struppigen Hund, verzweifelt auf der Suche nach seinem verlorenen Zuhause, wie er versucht, die Straße zu überqueren, immer und immer wieder, wie er sich endlich ein Herz fasst und hinüberrennt, von dem Wagen erfasst und hoch in die Luft geschleudert wird, sich überschlägt und verdreht und verrenkt und aus dem halboffenen Mäulchen blutend liegen bleibt, schicksalsergeben und ohne Hoffnung ... und wie die Frau, die einzige, die hinsieht und nicht wegsieht, ihren Wagen parkt und hinausspringt, wie sie sich vorsichtig dem Gebüsch nähert, in dem der kleine Kerl gelandet ist, um ihn nicht zu erschrecken oder gar zu treten, und wie sie mutig genug ist, das kleine Tier zu bergen und zum Tierarzt zu bringen ...

In den wenigen Minuten, in denen sie ihren Termin absolviert, überschlagen sich Bilder und Phantasien in ihrem Kopf. Und je länger es dauert, desto überzeugter ist sie, dass sie es sich nie, niemals verzeihen wird, wenn sie dieser Frau bei der Rettung des angefahrenen Tieres nicht hilft. Sie versucht, sich gegen den Klang von tierischen Schreien und letalem Röcheln, gegen den Geruch von Blut und ausgetretener Därme zu wappnen, endlich ist sie wirklich bereit zu helfen, mit anzupacken - koste es, was es wolle. Endlich hat sie die Skrupel, diesen inneren Schweinehund, besiegt.

Sie rast durch die Stadt, hupt, überholt, überfährt eine rote Ampel. Sie hat es eilig - es geht um Leben und Tod. Als sie die stadtauswärts führende Straße hinauf jagt, betet sie innerlich, dass sie nicht zu spät kommt, dass sie noch eine helfende Hand reichen kann ... Und wirklich: Der Wagen steht noch da, die Frau scheint das Tier noch nicht gefunden zu haben!

Mit knirschenden Reifen hält sie auf dem Grünstreifen am Fahrbahnrand, schaltet den Motor aus und zieht die Handbremse an. Schon hat sie die Wagentür geöffnet, springt hinaus und ist im Begriff, die Straße zu überqueren ... da sieht sie die Frau im Parka. Langsam und vorsichtig macht sie ein paar Schritte ins Gebüsch hinein, bückt sich, zerrt etwas heraus, richtet sich langsam auf ... und wirft mit einer müden Geste ein Holzscheit auf die Ladefläche ihres Pickups, auf dem sich bereits ein ansehnlicher Haufen auftürmt...

Frische Luft ist gesund

Sie möchte zurück. Zurück in ihr Zimmer. Sie hat diesen Ausflug nicht machen wollen, aber Feli hat nicht gefragt. Frische Luft ist gesund, hat sie gesagt, es wird dir gut tun. Jetzt rollen sie die Bergstrasse hinunter, und ihr bricht der Schweiß aus allen Poren, als sie an den Rückweg denkt.

Sie muss zurück. Jetzt gleich. Ihre Hand zittert, als sie versucht, sie anzuheben. Mit der gefühllosen Linken unterstützt sie den Ellenbogen der Rechten, sie schafft es, die rechte Hand auf Schulterhöhe zu bringen. Dann fällt sie zurück in ihren Schoß. Bitte, lass uns umkehren. Sie denkt es mit aller Kraft, mit aller Konzentration. Ihre Hände sind fest aufeinander gepresst, sie hält die Augen geschlossen. Früher konnte sie das, ihre Gedanken und Wünsche in die Köpfe und Herzen anderer transportieren. Aber seit jenem Tag ist das vorbei. Vorbei.

Sie sind in der Feldstraße. Immer noch geht es sacht bergab, der Rollstuhl rollt von allein. Es wird lange dauern, bis Felicitas sie den ganzen Weg zurückgeschoben hat. Plötzlich Hallo-Rufe, Lachen und Begrüßungsküsschen hinter ihrem Rücken. Der Rollstuhl steht, Felicitas hat die Bremse festgetreten. Na so was, wir haben uns ja ewig nicht gesehen, wie kommst du hierher, was machst du so? Ein Schwall von Fragen und Antworten schwappt über sie hinweg, sie wendet den Kopf so weit es geht nach hinten, will Guten Tag sagen, so kennt sie es, so macht man das, doch sie ist zu klein in ihrem Stuhl, ist nicht zu sehen. Worte fliegen über ihr hin und her, tummeln sich über ihrem Kopf, hinter der

Lehne des Rollstuhls. Mit jedem einzelnen wächst der Druck ein bisschen mehr.

Noch einmal versucht sie, mit der gesunden Hand Felis Ärmel zu fassen. Wieder unterstützt sie mit der lahmen Hand die gesunde, kann sie auf diese Weise noch ein Stückchen höher drücken. Da, jetzt fühlt sie den Stoff von Felis Ärmel zwischen Daumen und Zeigefinger, sie hält ihn fest umklammert. Doch ehe sie noch dran zupfen kann, löst Felicitas die Bremse, dreht den Rollstuhl um neunzig Grad. So, ich lass' die Oma solang ein bisschen Schaufenster kucken. Geht gleich weiter, Oma, gell… Vor ihr breiten sich Staubsaugerbeutel aus, die verschiedenfarbigen Schachteln kunstvoll aufgefächert. Dahinter erheben sich in spiegelndem Hochglanz Staubsauger in tiefem Rot, Tintenblau und Neonorange, sie kann die Marken nicht erkennen, sie hat ihre Brille nicht dabei. Was sich da am Rande ihres Blickfelds kringelt, müssen wohl die Schläuche sein, die zu den Geräten gehören, sie krampft die gesunde Hand um die Lehne des Rollstuhls. Es fängt an zu schmerzen.

Sie beißt die Zähne zusammen und verlagert das Gewicht ihres sitzenden Körpers auf die linke Seite. Vielleicht kann sie das rechte Bein über das linke schieben. Das würde die Blase fester verschließen. Das rechte Bein bewegt sich nicht. Sie greift mit der gesunden Hand in den Stoff ihrer Hose, zieht mit aller Kraft. Nein, die Anstrengung ist zu groß, erhöht nur den Druck, das ist gefährlich. Im blankgeputzten Glas der Fensterscheibe sieht sie Felicitas, wie sie sich mit den Unterarmen auf die Griffe ihres Rollstuhls stützt. Und mit dem jungen Mann in der Motorradkluft lacht und scherzt. Tropf – tropf – tropf. Sie spürt jeden Tropfen, der aus den

Harnleitern in die Blase rinnt. Steter Tropfen höhlt den Stein – steter Tropfen erhöht die Pein. Sie beißt sich auf die Lippen, tastet erneut nach Felis Hand auf der Rückenlehne des Rollstuhls. Findet sie, erfasst sie, spürt, wie sie ihr entzogen wird. Heute Abend, klar hab' ich Zeit, ruf mich an. Ach, Moni ist verheiratet. Ist ja irre, ausgerechnet Moni. Hätt' ich nicht gedacht… Der Schmerz breitet sich aus, wächst vorn in den Unterbauch hinein, zieht hinten seitlich den Rücken hinauf. Erreicht die Niere. Mit der rechten Hand hebt sie die linke auf die Stuhllehne, legt die rechte darauf, umklammert das dunkelgraue Plastik und versucht, sich hochzustemmen. Ihre Linke rutscht ab, ihr Oberkörper sackt zur Seite. Zu spät. Alles zu spät.

Im Spiegel der wolkenbelebten Schaufensterscheibe sieht sie, wie der junge Mann in der Motorradkluft Felicitas auf die Lache aufmerksam macht, die sich langsam und unaufhaltsam unter dem Rollstuhl ausbreitet. Vorsichtig wagt sich sein Zeigefinger aus dem Jackenärmel, schiebt sich Stück für Stück heraus, so, als müsse er aufpassen, dem Unaussprechlichen nicht zu nahe zu kommen. Er senkt den Blick und dreht sich weg, langsam, ganz langsam dreht er der Fensterscheibe den Rücken. Dabei legt er Feli tröstend die Hand auf die Schulter und nickt ihr mitfühlend zu. Felicitas reißt ihr die Decke von den Beinen. Sie löst die Fußbremse. Mensch Oma, warum hast du denn nichts gesagt …

126

Wen(n) der Schein trügt ...

Wenn der Hund nicht im entscheidenden Moment gewinselt und den Kopf unter der Decke herausgestreckt hätte, wäre sie an ihnen vorbeigehastet, ohne sie überhaupt wahrzunehmen.

Eigentlich ist sie in Eile. Doch als dieser kleine braunweiße Hundekopf sich unter der völlig verdreckten Decke hervorschiebt, als diese fiebrig glänzenden Knopfaugen zu ihr emporstarren und sie in ihren Bann ziehen, bleibt sie stehen wie angenagelt. „Hey!" Sie geht in die Knie und streckt automatisch die Hand nach ihm aus, doch als sein Hals lang und länger wird und er Anstalten macht, seine Lumpenhöhle zu verlassen, schiebt sich langsam und gemächlich eine total behaarte Hand vor, drängt ihn eher gelangweilt als energisch zurück und zieht ihm die Decke wieder über den Kopf. „Der's noch nass", grunzt eine verschwommene Stimme aus dem rechts von ihr aufgetürmten Deckenhaufen. „Wieso nass?", fragt sie und erhält keine Antwort. Vorsichtig beäugt sie den Deckenhaufen, und je genauer sie ihn betrachtet, desto besser kann sie menschliche Konturen darunter erkennen. Wie gesagt, eigentlich ist sie in Eile, doch: „Wie heißt er denn?", fragt sie, rechnet jedoch nicht wirklich mit einer Antwort. „Keine Ahnung", grunzt es wieder, gefolgt von einem eindrucksvollen Rülpser. „Ist es ein Junge oder ein Mädchen?"

Was verleitet sie eigentlich, diesem grunzenden Deckenhaufen ein Gespräch aufzuzwingen? Ein Blick auf die Uhr sagt ihr, dass sie sich sputen muss, wenn sie noch rechtzeitig zu ihrem Vorstellungsgespräch eintreffen will. „Junge oder Mädchen?", fragt sie trotzdem wieder und streckt schon die Hand aus, um an einem Zipfel des Deckenhaufens zu zupfen, als der plötzlich zurückgeschlagen wird.

„Wer will das wissen?", knurrt die Stimme, die einem anscheinend völlig unbeweglichen Mund entschlüpft. Trotzdem springt sie im selben Augenblick ein Alkoholdunst an, der sie in ihrer hockenden Haltung förmlich ins Wanken bringt. „Ich!", sagt sie tapfer und versucht, um diesen unbeweglichen Mund herum ein Gesicht zu erkennen. Ein wilder, dunkler Bart wuchert darauf, durchzogen von einzelnen grauen Haaren. Rechts neben der scharf geschnittenen, kalkweißen Nase zieht ein Leberfleck ihren Blick auf sich, die Wangen sind von dunkel gefärbten Äderchen durchzogen, in der linken Augenbraue schimmert vage ein Piercing. Nasse Haarbüschel hängen in die Stirn, Wassertropfen rinnen in die zusammengekniffenen, stahlblauen Augen.

„Sie sind ja auch nass", stellt sie fest und deutet auf die Rinnsale, die in seinem Bart versickern. „Ach nee – wirklich?", sagt er und klappert mit den Zähnen. „Woher kommt das bloß?" „Ja, woher kommt das?", fragt sie. „Wir haben drei Grad minus. Wieso sind Sie und der Hund so nass?" „Vielleicht, weil ich ihn grad aus dem Fluss gefischt hab?", nuschelt er, und sie hört den Frost in seiner Stimme klirren. „Wie ... aus dem Fluss gefischt?", fragt sie und ist sich bewusst, dass sie wohl gerade keine ihrer Sternstunden hat. „Was is' daran so schwer zu verstehen, hä?", braust er denn auch auf, wobei sein triefend nasser Kopf aus den Tiefen des Deckenhaufens auf sie herabzustoßen scheint. „Er treibt im Fluß, ich seh ihn, spring rein und hol ihn raus – fertig."

Sie starrt ihn an. Irgendwie arbeitet ihr Gehirn gerade auf Sparflamme, sie braucht eine Weile, um zu verstehen, was der Typ ihr gerade erklärt hat. „Sie meinen...", fängt sie an, doch er scheint nicht gewillt, die Unterhaltung fortzusetzen, zieht sich den Deckenzipfel wieder übers Gesicht und klappert mit den Zähnen. Sie sitzt mit dem Hintern auf ihren Hacken, bemüht, das Gleichgewicht zu halten, und starrt auf einen kleinen und einen großen Deckenhaufen. Neben ihr klingelt eine Münze in der aufgestellten Blechdose.

„Sie müssen hier weg", sagt sie schließlich. „Sie holen sich hier den Tod." Er würdigt sie nicht einmal eines Grunzens, vielleicht ist er eingeschlafen. Oder tot. Sie hebt die Decke an, unter der der Hund liegt. Es scheint ein Jack-Russel-Terrier zu sein, oder ein Mix. Jedenfalls ist er völlig trocken gerubbelt und warm eingepackt, er liegt zusammengerollt und schnauft zufrieden. Der große Deckenhaufen dagegen vibriert verdächtig, aber sie traut sich nicht, ihn zu berühren. „Können Sie nicht irgendwohin gehen, wo's warm ist?", fragt sie vorsichtig, und da zieht er sich die Decke nochmal vom Gesicht, sieht sie eiskalt an und fragt ganz klar und deutlich: „Können Sie nicht irgendwohin gehen, wo Sie niemandem auf den Keks gehen?" Während er sich endgültig unter das schmuddelige Grau zurückzieht, steht sie beleidigt auf, wirft ihre Tasche über die Schulter und stelzt davon.

Sie hat ein Vorstellungsgespräch. Oder besser, sie hatte ein Vorstellungsgespräch. Nein, sie hätte ein Vorstellungsgespräch gehabt, wenn sie es nicht jetzt gerade verpasst hätte. Sie sieht ihr Spiegelbild im Schaufenster: Stiefel mit hohen Absätzen, schwarze Hose mit Nadelstreifen, kurzer, schwingender Mantel aus sandfarbenem Wollstoff. Die schwarz behandschuhte Hand hält die wärmende Kapuze unterm Kinn zusammen, der rot-orange gemusterte Schal ist lässig über die Schulter geworfen. Sie stößt kleine, hektische Dampfwolken aus.

Ihr Blick löst sich von ihrem Ebenbild und erkundet, was sich hinter der Scheibe darbietet: Ein Steh-Café. Muffins, Croissants, Cappuccino, Latte Macchiato. Schon will sie die Stufe zum Eingang erklimmen, um sich an einem Kaffee zu wärmen, als sie es sich anders überlegt. Sie dreht sich um und marschiert entschlossen in die Spirituosenhandlung auf der anderen Straßenseite, ersteht eine Taschenflasche Cognac und kehrt zum Steh-Café zurück. Dort lässt sie je zwei Donuts, Heidelbeermuffins, Mettbrötchen und Schinken-Käse-Croissants sowie zwei große Becher heiße Schokolade mit Sahne und eine heiße Milch mit Honig einpacken, und auf dem Weg nach draußen lässt sie von einem der Tische noch einen Aschenbecher mitgehen. So ausgerüstet kehrt sie zu den Deckenhaufen zurück.

Sie kommt gerade drüber zu, wie ein älteres Ehepaar sich in Positur stellt. „... und dann immer diese armen Hunde dabei, die sich hier den Tod holen, nur weil diese ... diese ... Menschen nicht arbeiten wollen und meinen, so ein leidendes Hundegesicht zieht den Leuten eher das Geld aus der Tasche!" Die wohlbeleibte Frau im Pelzmantel, die sich da so lautstark aufplustert, fingert nervös an ihren Lederhandschuhen herum, öffnet den Schnappverschluss ihrer Handtasche und fängt an, darin herumzukramen. „Aber bei uns zieht das nicht, Freundchen!", donnert der noch wohlbeleibtere Mann an ihrer Seite und stößt den großen Deckenhaufen mit der Schuhspitze an. „Von uns gibt's kein Geld für

Schnaps, verstanden? Geh arbeiten, wenn du leben willst, das müssen wir alle, jawohl!" Er ist so dick, dass er allein vom Reden schon ins Schnaufen kommt, und an seiner fleischigen Nase hängt ein Tropfen, der jeden Augenblick zu fallen droht. Jetzt hat seine Frau gefunden, was sie in den Tiefen ihrer Tasche suchte: Sie wickelt eine extragroße Tafel Zartbitterschokolade aus, bricht zwei Rippen davon ab und wirft sie dem Hund hin. „Da, mein Kleiner, hast du was Gutes", flötet sie und schiebt sich selbst einen ähnlich großen Brocken in den Mund.

Ehe sie selbst weiß, was sie tut, bückt sie sich und bringt das Stück an sich. „Sie verstehen nicht viel von Hunden, oder?", fragt sie die Dicke und drückt ihr die Schokolade fest in ihren feinen, safrangelben Lederhandschuh. „Bittere Schokolade kann für Hunde tödlich sein, erst recht für so kleine", sagt sie und drängt sie zur Seite. „Also hören Sie mal!", empört er sich und schiebt den Bauch noch ein Stück vor. „Was bilden Sie sich denn eigentlich ein? Was sind Sie überhaupt für eine?", schnauft er, als sie sich jetzt auf die Knie begibt und ihre Papiertasche leert. „Ohgottohgott, Eduard, kuck doch bloß... die gehörn zusammen!", flüstert die Dicke geschockt, und ebenso geschockt flüstert er zurück: „Komm, Hildchen, komm weg hier! Mit sowas wollen wir nichts zu tun haben. Nun komm man, komm ...", und ein Blick über die Schulter sagt ihr, dass er Mühe hat, seine widerstrebende Frau mit sich zu ziehen.

„... die gehörn zusammen!" Der Satz entlockt ihr ein flüchtiges Grinsen. Als erstes füllt sie von der heißen Milch mit Honig etwas in den Aschenbecher, damit sie abkühlen kann. Dann befreit sie eines der Mettbrötchen vom Cellophan und reißt ein Stückchen ab. Sie hebt einen Zipfel des kleinen Deckenhaufens an und hält dem Hund den Bissen vor die Nase. „Komm, mein Kleiner, auch das ist zwar nicht das Wahre für dich, aber fürs erste muss es reichen", flüstert sie und freu sich, wie manierlich und sittsam der Hund zuerst das Mett und dann das Brötchen frißt.

Nach und nach zerrupft sie das ganze Brötchen und serviert es ihm Bissen für Bissen, wobei der Kleine sich immer etwas weiter aus der wärmenden Tiefe seiner Deckenhöhle hervorwagt. Mit dem Zeigefinger testet sie die Temperatur der Honigmilch, die inzwischen genug abgekühlt zu sein scheint, und als sie das genüssliche „Schlappschlapp" der kleinen Hundezunge hört und beobachtet, wie sich die dunkelbraunen Hundeaugen beim Trinken immer wieder voller Wonne und Genuss schließen, fühlt sie sich so zufrieden wie schon lange nicht mehr. Verstohlen sieht sie sich nach allen Seiten um, doch für die vorbeihastenden Menschen scheint es das Natürlichste von der Welt zu sein, dass sie hier in ihrem doch immerhin recht edlen Business-Outfit mitten auf der Straße hockt und einen pfiffigen Jack-Russel-Jungen (denn dass es kein Mädchen ist, hat sie inzwischen herausgefunden) mit Mettbrötchen und Honigmilch füttert.

Gerade greift sie wieder in ihre Tüte, um ihm zur Abwechslung einen Donut anzubieten, als sich unter dem großen Deckenhaufen eine Hand hervorschiebt und den Kleinen wieder in schmuddeliges Grau einhüllt. „Nicht so viel auf einmal, Mensch!", knurrt die Stimme, und sie hört Zähne klappernd aufeinander schlagen. Mit ausgestrecktem Arm hält sie einen Becher heiße Schokolade in seine Richtung, kippt mutig einen Schuss Cognac hinein und zupft an der Decke. „Hier, trink!", sagt sie und fühlt sich auf seltsame Art und Weise verantwortlich für diese zwei Gestalten. „Du musst wieder warm werden ..." Da fliegt die Decke im hohen Bogen weg, zusammengekniffene Augen fixieren sie feindselig unter immer noch feuchten Haaren, und seine gepresste Stimme fragt: „Haben wir zwei zusammen in der Sandkiste gespielt - oder was?"

Sie starrt ihn an. Erwidert den Blick dieser stahlblauen Augen, erkennt das Fernweh, das schon von jeher darin wohnte und wütete, und die Träume, die in ihrem umherschweifenden Blick Gestalt annahmen. Sie erkennt die Adlernase, die schon in irgendwelchen Büchern steckte, als sie noch von mütterlicher Hand getrocknet wurde. Sie erkennt den Leberfleck, dessen selten und nur als Auszeichnung gewährte Berührung die Erfüllung geheimster Wünsche versprach. Sie erkennt die Hände, die das einzige Schloss bauten, das sie jemals ihr eigen nannte, und in diese zusammengekniffenen, stahlblauen Augen hinein sagt sie: „Ja, Rolfi, das haben wir."

Lieber guter Weihnachtsmann

„Hi, Schatz", Martin nimmt seiner Frau die Taschen ab und trägt sie in die Küche. „Hast du alles bekommen?", fragt er über die Schulter zurück und wirft einen prüfenden Blick auf die Einkäufe, die er auf dem Tisch abgeladen hat. „Ja", antwortet Elke vom Flur her, „ich glaube, jetzt haben wir wirklich alles zusammen." Sie hängt ihren Mantel an die Gardeorbe, streicht sich vor dem Spiegel die Haare aus dem Gesicht und tritt zu Martin in die Küche. Zärtlich schließt er sie in die Arme, steckt die Nase in die braungelockte Mähne seiner Frau und gibt ihr einen Kuss. „Meine Güte, bist du kalt!" Er lacht und reibt ihre Wangen mit beiden Händen, um sie zu wärmen. „Wo sind die Kinder?", fragt sie und wirft einen suchenden Blick hinaus auf den Flur. „Oben", antwortet Martin und deutet mit dem Daumen zur Decke. „Plätzchen backen mit Oma Thiele!"

Gemeinsam machen sie sich daran, die Taschen und Tüten zu leeren. Sowohl für die vierjährige Emma als auch für den siebenjährigen Paul hat Elke die letzten Weihnachtsgeschenke gekauft, und vergnügt begutachtet Martin die große Packung Zubehör für den Kaufladen seiner Tochter wie auch die Sammlung von Tieren für den Bauernhof seines Sohnes. „Hast du Leo eigentlich erreicht?", fragt Elke. „Macht er wieder den Weihnachtsmann?" „Ach du Schande, das hab ich total vergessen", sagt Martin und stürzt ins Wohnzimmer, um Leo anzurufen. Wenige Minuten später kommt er mit hängenden Schultern zurück. „Mist, da kam ich wohl zu spät", gesteht er kleinlaut. „Grade gestern hat er seiner Schwester versprochen, für ihre Kinder den Weihnachtsmann zu spielen." Martin hat ein schlechtes Gewissen, denn mindestens dreimal in den letzten Tagen hat Elke ihn gebeten, Leo endlich anzurufen. „Ach …. das ist ja blöd!" Enttäuscht lässt sie den Beutel Rosenkohl sinken, den sie gerade ins Gemüsefach legen wollte. Nur mit Mühe kann sie ein „Siehste, ich hab's ja geahnt!" unterdrücken, dreht ihrem Mann stattdessen wortlos den Rücken zu.

„Und nun?" Sie lehnt am Kühlschrank und sieht ihn vorwurfsvoll an. „Was machen wir nun? Mensch, Leo ist doch der geborene Weihnachtsmann … und ohne Weihnachtsmann geht's nicht, das steht fest." Martin schenkt sich ein Glas Wasser ein, trinkt einen Schluck und überlegt angestrengt. „Ich könnte Udo fragen", sagt er, stellt das Glas ab und verschwindet. Kurz darauf streckt er den Kopf wieder zur Tür herein: „Versprechen konnte er's noch nicht", verkündet er, „aber mit ein bisschen Glück fahren seine Nachbarn mit den Kindern doch zu ihren Eltern aufs Land, dann kommt er zu uns. Er sagt noch Bescheid."

Elke ist noch nicht versöhnt. „Okay, ich werd aber morgen vorsichtshalber noch Benno fragen", sagt sie, obwohl sie weiß, dass Martin ihren Kollegen nicht mag, weil der Elke angeblich allzu offensichtlich umgarnt. „Wozu denn?", mault Martin denn auch prompt. „Lass uns doch erstmal abwarten, was Udo sagt. Mehr als einen Weihnachtsmann brauchen wir schließlich nicht." „Bis Heiligabend sind's grad noch drei Tage, hast du das vergessen?" Jetzt wird Elke langsam sauer, setzt Teewasser auf und signalisiert mit hochgezogenen Schultern, dass die Weihnachtsmannfrage gerade in ihre Kompetenz übergegangen ist. „Langsam wird's Zeit, Nägel mit Köpfen zu machen."

Die Aufregung der Kinder steigert sich von Tag zu Tag, von Stunde zu Stunde. Endlich steht auch der Baum da, wo er hingehört, ein bisschen neigt er sich nach Osten, „ist wohl Moslem", vermutet Martin. Trotzdem schmückt Elke ihn mit Strohsternen und roten Kugeln, mit Engeln aus dem Erzgebirge, mit hölzernen Herzen, klingenden Glocken und schimmernden Lichterketten. Sein Duft erfüllt die ganze Wohnung, vermischt sich mit dem Hauch von Lebkuchengewürz und Glühwein, der seit Tagen das Treppenhaus durchzieht. Am Weihnachtstag sind die Kinder nicht zu halten, Elke schickt sie mit Martin in den Park, um auch den Enten mit Brotwürfeln frohe Weihnachten zu wünschen. Während sie den Kartoffelsalat für den Abend zubereitet, fällt ihr ein, dass Benno gestern schon nicht mehr im Büro war und seine endgültige Zusage, als Weihnachtsmann zu fungieren, genau genommen noch aussteht. Doch wenn er nicht kommen würde, hätte er ja wohl abgesagt, gerade Benno würde sie nicht einfach so hängen lassen.

Nach dem Mittagessen ordnet sie ein halbes Stündchen Ruhe an. Natürlich vergebens. Emma drängt und bettelt, endlich ihr Kleid anziehen zu dürfen, das blaue mit den weißen Blümchen und der dazugehörigen Rüschenschürze, das sie sich selbst ausgesucht hat. Paul mag nicht einsehen, dass er heute auf seine ausgebeulte Jeans verzichten und stattdessen die Tuchhose mit dem weißen Sweatshirt anziehen soll, doch schließlich sind alle bereit für den Gang in die Kirche. Das im Kerzenlicht schimmernde Kirchenschiff, der Posaunenchor und das Singen der Weihnachtslieder hüllen sie ein in vibrierende Festlichkeit, und als sie wieder zuhause sind und aus dem Weihnachtszimmer das Glöckchen erklingt, stehen da zwei brave Kinder Hand in Hand in der Tür und bestaunen mit großen Augen und geröteten Wangen den Baum in seinem funkelndem Glanz. Gerade legt Elke ihren beiden die Arme um die Schultern, um sie ins Weihnachtszimmer zu führen, als es an der Tür klingelt. „Nanu?" Martin legt den Kopf schief und macht ein fragendes Gesicht. „Wer kommt denn jetzt wohl zu Besuch? Ach du Schreck … sollte das etwa der Weihnachtsmann sein?" Während Emma instinktiv Schutz sucht an der Hand ihrer Mutter, steckt Paul die Hände in die Taschen seiner Hose und wippt erwartungsvoll auf den Fußspitzen auf und ab.

Von der Wohnungstür dröhnt eine tiefe, polternde Stimme. Emma umklammert Elkes Bein. Schwere Schritte erschüttern die Holzdielen im Flur. Paul nimmt die Hände aus den Taschen und stellt sich neben seine Schwester. Es raschelt, irgendjemand flüstert, dann ertönt ein raues Räuspern und in der Tür steht – der Weihnachtsmann. Emma steckt den Daumen in den Mund, Paul registriert dankbar Elkes Hand auf seiner Schulter. „Hoho, wen haben wir denn da?" Der Weihnachtsmann streckt den Kopf vor und wackelt fragend mit den dicken, weißen Augenbrauen. Unter der roten Mütze mit dem weißen Plüschrand ist keine Stirn zu sehen, die Nase über dem weiß gebauschten Bart ist klein und rot gefroren.

Eigentlich hatte Paul sich den Weihnachtsmann dicker vorgestellt, mit kugelrundem Bauch und roten Pausbacken, doch bei all dem Stress in der Vorweihnachtszeit hat der arme Mann wohl schon ordentlich abgenommen: Seine Jacke über der schwarzen Hose und den braunen Schnürstiefeln wird von einem Strick in Falten gerafft und zusammengehalten, und die Ärmel mit dem weißen Flauschbesatz sind ihm zu kurz geworden und lassen einen dunkelblauen Fleecepulli erkennen. „Bin ich denn hier überhaupt richtig? Na, Kinder, verratet mir doch mal eure Namen … du, Junge, wie heißt du?" Mit dem fellgefütterten Lederhandschuh, der so groß ist, dass Paul ihn als Mütze benutzen könnte, deutet er auf ihn und neigt den Kopf abwartend zur Seite. Paul schnappt nach Luft, sieht zu seiner Mutter auf und antwortet tapfer: „Paul." „Aha, das ist also der Paul. Jaaa, ich glaube, dann bin ich hier richtig, und dann haben wir da ja auch die kleine….?" Er blinzelt Emma fröhlich zu und wartet, dass sie ihm ihren Namen nennen soll, doch Emma drückt das Gesicht ganz fest in Elkes Rock und schielt nur noch mit einem halben Auge zu ihm hinüber. „Na, kleine Maus, wie heißt du denn?", fragt der Weihnachtsmann noch einmal, und seine Stimme klingt ganz weich und sanft. Paul ist es gewohnt, für seine kleine Schwester in die Bresche zu springen: „Emma heißt sie", sagt er und hat das Gefühl, ganz dringend aufs Klo zu müssen. „Ja, das ist ja toll, genauso steht es auch auf der Liste, die der Nikolaus mir mitgegeben hat: ‚Paul und Emma' steht da drauf, und der Nikolaus hat gesagt, ich soll mich sputen, denn Emma ist noch ein kleines Mädchen und darf nicht zu spät ins Bett, stimmt's? Na, und da hab ich mich natürlich beeilt und bin zuallererst zu euch gekommen, ihr Süßen!"

Der Weihnachtsmann hat sich jetzt in voller Größe vor dem Tannenbaum aufgebaut, leise ächzend nimmt er den schweren Sack von der Schulter. Es raschelt und knistert, als er ihn vor sich auf den Boden stellt, und sogar Emma traut sich aus den Falten von Elkes Rock hervor. „Aber wisst ihr, bevor ich euch zeige, was ich euch mitgebracht habe, wäre es doch schön, wenn ihr mir auch ein Geschenkchen macht. Wie wär's denn, wenn ihr mir jeder ein kleines Gedicht aufsagtet?" Darauf sind die Kinder vorbereitet, alle Erwachsenen haben sie gewarnt, dass es vom Weihnachtsmann nur etwas Schönes gibt, wenn die Kinder ein Gedicht aufsagen können, doch jetzt hat Paul seines vergessen, und er muss ganz dringend aufs Klo. Zu seiner Überraschung rettet ihn Emma, die plötzlich ihren ganzen Mut zusammen und den Daumen aus dem Mund nimmt, sich gerade aufrichtet und heiser flüstert: „Lieber guter Weihnachtsmann, schau mich nicht so böse an. Stecke deine Rute ein, ich will auch immer artig sein."

Der Weihnachtsmann ist begeistert, schlägt sich auf die Schenkel und tätschelt Emma die Wange, dann öffnet er den großen, braunen Sack, schielt hinein, zieht den Handschuh aus und wühlt herum, schließlich steckt er den Kopf hinein, murmelt und grummelt und ist ganz verschwunden, so dass Elke und Martin sich schon verstohlen zulächeln, doch da taucht der Weihnachtsmann wieder auf, schiebt sich die Mütze aus der Stirn und den Bart unter die Nase und blinzelt Emma verschmitzt an: „Ich glaube, kleine Emma, dieses Paket hier ist für dich!" Vor lauter Aufregung vergisst Emma, sich zu bedanken, muss noch einmal zurückgehen, den Weihnachtsmann richtig ansehen und so laut „Danke" sagen, dass er es auch hört.

Dann kommt Paul an die Reihe. Sein Gedicht ist ihm inzwischen wieder eingefallen, aufs Klo muss er auch nicht mehr, und als er das riesige Paket entgegennimmt, blickt er dem Weihnachtsmann fest in die Augen und macht sogar einen Diener. Elke und Martin sind stolz auf ihren Sohn.

Wohlwollend lächelnd sieht der Weihnachtsmann zu, wie die Kinder ihre Geschenke auspacken. Er hilft ihnen, die Schleifen zu öffnen und den Klebestreifen durchzuschneiden, mit dem die Engel im Himmel alles so gut verklebt haben, er richtet mit Emma den Kaufladen ein und bringt die Tiere in Pauls Bauernhof unter, und als er in seiner dicken Weihnachtsmannmütze und der dicken Weihnachtsmannjacke anfängt zu schwitzen, reicht Elke ihm ein Glas Sekt, und dann noch eines und noch eines, denn der Weihnachtsmann ist sehr durstig, und schließlich richtet er sich auf, sieht sich um und sagt: „Kinder, wisst ihr eigentlich, wie spät es ist? Ich glaube, ihr solltet langsam mal ans Abendessen denken. Was gibt es denn wohl Schönes bei euch am Weihnachtsabend?" „Würstchen!", schreit Paul. „Würstchen und Kartoffelsalat!", schreit auch Emma, und beide springen auf und hüpfen herum. „Und jeder darf so viele Würstchen essen, wie er kann, weil heut Weihnachten ist, und Mama hat soooo einen Berg Würstchen gekauft, willst du mal sehen?"

Emma zieht den Weihnachtsmann am Ärmel ins Esszimmer, wo der Tisch bereits festlich gedeckt ist. Teller, Silberbesteck, Gläser, Servietten – alles für vier Personen, fein säuberlich angeordnet und ausgerichtet. Golden glänzende Sterne aus Metallfolie auf dem weiß schimmernden Tischtuch ausgestreut, zwei dreiarmige Kerzenhalter mit goldgelben Kerzen bestückt. Auf der Anrichte Saft, Selter und eine bereits kantierte Flasche Rotwein – „Hmmm, Dornfelder trocken …. feines Tröpfchen", der Weihnachtsmann weiß ihn zu schätzen -, daneben Glasschälchen, Teelöffel und ein großer Eislöffel, die auf den Nachtisch warten.

„Na, das sieht ja gut aus!", freut sich der Weihnachtsmann und reibt sich die Hände, die lange schon irgendwo irgendwann ihrer Handschuhe verlustig gegangen sind. „Da fehlen ja nur noch die Würstchen, oder?" Während Emma und Paul stürmisch bejahen und jubelnd den Tisch umkreisen, macht Elke Martin eindeutige Zeichen. „Äh, lieber Weihnachtsmann", stammelt Martin denn auch, „meinst du nicht, dass du dich langsam mal um all die anderen Kinder kümmern solltest?" „Was für andere Kinder?", fragt der Weihnachtsmann verwirrt und rückt zwei Gedecke auseinander, damit noch eines dazwischen passt. „Na, all die Kinder, die noch auf dich warten!", empört sich Martin und macht ihm unmissverständliche Zeichen. „Ach so …. die meinst du, mein Freund!", dröhnt der Weihnachtsmann und lässt sich mit zufriedenem Seufzen auf einen Stuhl fallen. „Ach, um die kümmert sich schon mein Assistent… äh, der Erzengel Gabriel… oder der Nikolaus, die arbeiten echt gut zusammen, die beiden, hmhm, total tolles Team, ja…"

Seine Augen über dem weißen, inzwischen vom Schweiß leicht verklebten Bart wandern hungrig über den Tisch. Emma krabbelt gerade auf ihren Stuhl, Paul schiebt einen weiteren heran und in die Lücke, die durch die Umbauten des Weihnachtsmannes entstanden ist. Erwartungsvoll sitzen sie da, Paul steckt sich die Ecke seiner Serviette in den Kragen seines weißen Sweatshirts, Emma klopft mit ihrer Kindergabel rhythmisch auf den Tisch.

„Also, ehrlich", beginnt Martin, tritt hinter den Weihnachtsmann und legt ihm freundlich die Hand auf die Schulter, „ich glaube nicht, dass du noch Zeit hast, länger bei uns zu verweilen, lieber Weihnachtsmann!" „Aber ja! So lang war meine Reise hierher", ruft dieser und greift nach Messer und Gabel, „so schöne Gedichte haben die Kinderlein mir aufgesagt, da will ich mich doch nicht gleich wieder verpie… das möcht' ich doch auch noch ein klein wenig genießen, nicht wahr?" Er hält Elke sein leeres Weinglas entgegen, neigt freundlich den Kopf und strahlt Paul an. „Sei ehrlich, lieber Paul, dir knurrt doch der Magen, oder?" Paul nickt begeistert, schnappt sich sein Besteck und klopft den Takt auf dem Tischtuch: „Wiiiir haben HungerHungerHunger, haben HungerHungerHunger, haben HungerHungerHunger, haben Durst!" Glucksend vor Lachen fällt Emma ein, trifft den Rhythmus der klopfenden Bestecke nicht ganz, singt aber fröhlich mit: „Wiiiir haben HungerHungerHunger, haben HungerHungerHunger….."

Martin ringt die Hände, ist versucht, sie dem Weihnachtsmann um die Gurgel zu legen und zuckt schließlich hilflos die Schultern, während Elke in die Küche geht, um die Würstchen und den Kartoffelsalat zu holen. „Brauchst du Senf dazu, lieber Weihnachtsmann?", säuselt sie, während sie ihm unter dem Tisch kräftig gegens Schienbein tritt. „Auuuu… au ja, das ist eine gute Idee!", antwortet der und schaufelt sich eine anständige Ladung Salat auf den Teller. Beim Essen muss er den bauschigen Kinn- und Backenbart mit der einen Hand leicht nach unten ziehen, damit Salatmayonnaise, Kartoffeln und Würstchen ihr Ziel auch wirklich erreichen, und dann hat er eine grandiose Idee: „Kinder, jetzt zeig ich euch mal, wie wir im Himmel immer Würstchen essen, ja?" Die Kinder sind gespannt, stellen das

Kauen ein und widmen dem Weihnachtsmann ihre ungeteilte Aufmerksamkeit. Mit jeder Hand greift er ein Würstchen, hält sie in Mundhöhe über seinen Teller, zählt fröhlich „eins – zwei – drei" und führt beide Würstchen gleichzeitig zum Mund. Noch während er in affenartiger Geschwindigkeit die Würste zerkleinert und verschwinden lässt, klärt er Paul und Emma auf: „Das nennen wir ‚die Stereo-Wurst', alles klar?" Und weil sie ihn gerade so sprachlos bewundern, führt er es ihnen gleich noch einmal vor: Schnappt sich mit jeder Hand ein Würstchen, hält sie in Mundhöhe über seinen Teller, zählt bis drei und lässt sie mit kleinen, rhythmischen Beißbewegungen hinter seinem Rauschebart verschwinden.

„Super!", kräht Paul, schnappt sich zwei Würstchen und zählt bis drei, als ihm auch schon Elke das eine und Martin das andere Würstchen entwinden. „Wir sind hier nicht im Himmel", sagt Elke vieldeutig, während Martin dem Weihnachtsmann unmissverständliche Zeichen in Richtung auf die Tür macht. „Tja, liebe Kinder, ich glaube, nun hab ich euch lange genug verwöhnt", strahlt der Weihnachtsmann und streicht Paul und Emma liebevoll übers Haar. „Jetzt muss ich wohl wieder raus in die Kälte …. Brrrrrr, davor graust's mich schon ein wenig." Er sieht plötzlich ganz traurig aus. „Auf meinem Schlitten ist es doch bös zugig und kalt. Und ich habe mein Heizmittel vergessen, stellt euch das vor. Ich hatte es so eilig, zu euch zu kommen, dass ich es einfach vergessen habe …" „Dein Heizmittel?", fragen beide wie aus einem Munde. „Soll ich dir meine Wärmflasche leihen?", fragt Emma und springt von ihrem Stuhl. „Nein, Liebes, nein – das ist lieb gemeint, aber so eine Wärmflasche kühlt auf dem Schlitten zu schnell aus, weißt du. Nein, mein Heizmittel heizt mehr so von drinnen, ich glaube, hier auf der Erde nennt ihr es ‚Schnaps'." „Tja, tut mir Leid", sagt Martin giftig und blitzt ihn über den Tisch hinweg an, „damit können wir leider nicht dienen." „Doch", schreit Paul da auf, „sowas haben wir doch! Das ist doch sowas, was Opa immer kriegt, wenn er zuviel gegessen hat, Papa!" Und schon ist er in der Küche, reißt den Kühlschrank auf und kehrt mit einer halbvollen Flasche zurück. „Opa sagt immer, das ist die reine Medizin, und die muss dir doch auch helfen, Weihnachtsmann, oder?" „Dein Opa ist ein kluger Mann!", bestätigt der Weihnachtsmann, dreht lächelnd den Verschluss auf und schenkt sich großzügig ein. „Auf euern Opa – und alle Weihnachtsmänner dieser Welt!"

Erst als sich Tür schon hinter ihm geschlossen hat, runzelt Paul zweifelnd die Stirn. „Wieso hat der ‚alle Weihnachtsmänner' gesagt?", fragt er verständnislos. „Es gibt doch bloß einen, oder?"

Im selben Augenblick, als Martin die Tür hinter dem Weihnachtsmann schließt, fährt er wutschnaubend zu Elke herum. „Bist du noch bei Trost? Was hast du dir dabei gedacht, uns diesen Benno aufzuhalsen?" Elke bleibt der Mund offen stehen. Sie stemmt die Hände in die Hüften und zischt: „Benno? Du hast sie ja nicht alle! Das war doch wohl dein durchgeknallter Freund Leo!" Höhnisch lacht Martin auf: „Leo hat sich gestern morgen das Bein gebrochen, hatte ich dir das nicht erzählt? Leo liegt im Krankenhaus!" Elke erstarrt. „Und Benno ist kurzfristig einer Einladung nach Kufstein gefolgt, ich habe heute mittag endlich seine Sms bekommen ..." Mit hängenden Schultern stehen sie im dunklen Flur. „Und wer, bitteschön, hat dann all unsere Würstchen vertilgt???"

I am up to Lousiana ...

Pünktlich um acht Uhr fünfzehn fliegt die Tür auf, knallt gegen den Türstopper, den Frederik in den Boden gedübelt hat und gibt den Weg frei für Leon, der wie jeden Morgen strahlend und freudig glucksend hereingestürmt kommt, mit seinen kurzen Beinchen Anlauf nimmt und versucht, sich auf ihr Bett zu hechten. In ausgebreiteten Armen fängt sie ihn auf, zieht ihn zu sich herauf und drückt ihn an sich. Wange an Wange genießen sie den Augenblick, reiben ihre Nasen aneinander wie die Eskimos und drücken sich mehr oder weniger verrutschte Küsschen ins Gesicht, bis Leons Füße wieder den Teppich berühren und er sich beeilt, die Tür von Oma Dorchens Zimmer zu schließen.

Gleich darauf klopft es, die Türklinke wird herunter gedrückt und Lisa dreht sich, das Frühstückstablett balancierend, herein. „Guten Morgen, Oma", ruft sie, während sie mit dem Po die Tür wieder zudrückt. „Hast du gut geschlafen?" Da diese Frage eine rhetorische ist und von Lisa, wie Dorchen weiß, aus reiner Höflichkeit gestellt wird, nickt sie lächelnd und richtet sich im Bett auf, wobei sie sich die Nackenrolle hinter die Schultern klemmt. „So gut wie immer, mein Schatz", antwortet sie, und Lisa lächelt ihr mitfühlendstes Lächeln.

Seit Jahren schläft Dorchen schlecht. Manchmal kann sie nicht einschlafen, dann liest sie, bis die Buchstaben vor den Augen tanzen und hüpfen. Manchmal schläft sie ganz schnell ein, doch dann wacht sie um Punkt drei Uhr in der Nacht auf und findet vor morgens um fünf keine Ruhe mehr. Und manchmal liegt sie die ganze Nacht wach, bekommt

145

Herzrasen und Schweißausbrüche, weil das Karussell der Gedanken sich immer schneller dreht, und weiß nicht, wie sie es anhalten kann ... bis endlich die Tür auffliegt und Leon hereinstürmt. Dann ist sie zwar erschöpft, aber gerettet.

Lisa weiß, wie schlecht Dorchen schläft. Deshalb hat sie, als Dorchen bei Lisa und Frederik einzog, darauf bestanden, ihr morgens das Frühstück ans Bett zu bringen. „Ich muss noch nicht wieder arbeiten, Oma", hat sie gesagt. „Ich hab die Zeit. Und ich weiß, dass deine Nächte kurz sind, also lass dich doch ein kleines bisschen verwöhnen und dir das Frühstück am Bett servieren. Ich tu's gern, du darfst das einfach genießen."

Dorchen weiß, dass Lisa meint, was sie sagt. Schon immer hat zwischen ihnen beiden diese innige Beziehung bestanden, die geprägt ist von Vertrauen, Verständnis und Ehrlichkeit. Wann immer Lisa als Kind Kummer hatte, flüchtete sie sich in Oma Dorchens Arme. Und Oma Dorchen war da für ihre Lisa, bei Tag und bei Nacht. Wann immer es galt, zerrissene Hosen zu flicken, schwang Oma Dorchen die Nadel. Wenn Seelenkummer geheilt werden musste, sang Oma Dorchen eines ihrer Lieder oder rezitierte ein Gedicht, das die Tränen trocknete. Wenn aus dunklen Ecken sich finstere Gestalten erhoben, gebot Oma Dorchen ihnen Einhalt und bannte sie mit dem grellen Strahl ihrer Taschenlampe, und wenn Wunden geheilt und Schmerzen gelindert werden mussten, hatte Oma Dorchen nicht nur die lustigsten Pflaster, sondern auch ein Nutella-Brot oder Gummibärchen zur Hand. Und niemand verstand es wie sie, einem ängstlichen Kind die schlechten Träume aus dem

Haar zu pflücken, ehe sie Gestalt annehmen konnten.

Und nun ist Dorchen Uroma - und genießt es in vollen Zügen. Seit Leon laufen kann, führt ihn sein Weg immer wieder schnurstracks zu seiner „Omama", und heute, mit seinen gerade mal drei Jahren, reicht er sogar schon an die Türklinke heran, um sich den Weg zu ihrem Bett zu ebnen.

Für Leon ist es jeden Morgen wieder eine Geduldsprobe zu warten, bis Omama ihr Butterbrötchen gegessen und den Kaffeebecher geleert hat, damit er endlich auf den kleinen Hocker und zu ihr ins Bett steigen darf. Wenn er sich dann in ihren Arm kuschelt und sich an ihrer Seite ausstreckt, findet sein Daumen ganz von allein den Weg in den Mund, und ein bisschen schmatzend und mit feuchter Aussprache erteilt er seine Befehle: „Dackel", sagt Leon, und Omama beginnt: „Der Wackeldackel wackelt mit seinem Wackelschwanz …" „Muh", fordert Leon, und Omama fängt an: „Die Kuh, die saß im Schwalbennest mit sieben jungen Ziegen …". „Affen!", befiehlt Leon, und Omama singt: „Die Affen rasen durch den Wald, der eine macht den andern kalt ..", und das Beste spart Leon sich immer bis ganz zum Schluss auf: „Lusijanna!", kräht er, und bevor Omama anfängt zu singen, lacht sie und zieht ihn ganz fest an sich, weil sie ihn so lieb hat, und dann singt sie: „Ein Hase saß im tiefen Tal, singing Hollyypollydoodle all the day …", bei „Hollypollydoodle" fängt Leon schon an zu glucksen, und beim Refrain „I am up to Louisiana …" lacht er laut auf, weil er diese englischen Laute so lustig findet. Und natürlich muss Omama dieses Lied mindestens dreimal hintereinander singen - mindestens.

Heute morgen jedoch ist irgendetwas anders. Vielleicht liegt es nur am Licht, das die honigfarbene Milde des Augusts zu verlieren beginnt, dass Lisas Gesicht blasser wirkt als sonst. Klang ihr „Guten Morgen, Oma" eben nicht fast ein wenig gehetzt? Und die Frage, ob sie gut geschlafen habe, kommt heute auch ohne die stereotype Antwort aus. Ist es Einbildung oder ist ihre Enkelin wirklich schmaler geworden? „Lisa, Mädchen, ist alles in Ordnung?", fragt Dorchen und versucht, nach der Hand ihrer Enkelin zu greifen. „Aber ja - wieso fragst du?", entgegnet Lisa und stellt das Tablett ab. Mit gerunzelter Stirn weist sie Leon an, nicht so wild auf Omamas Bett herumzuturnen, streicht kurz über Dorchens Hand und durch Leons Haar - und ist auch schon wieder verschwunden. Ihre Hand hinterlässt einen kalten Fleck auf Dorchens Haut.

Leon hat sich an Dorchens Seite ausgestreckt, lutscht genüsslich am Daumen und streicht mit der anderen Hand sanft über die Innenseite ihres Unterarms. Rauf und runter fahren seine kleinen warmen Finger, während Omama singt.

Als sie gerade die „Affen" anstimmt, steckt Lisa den Kopf zur Tür herein. „Oma, du denkst doch dran, dass wir heute die U 7 haben?" Dorchen verstummt, sieht ihre Enkeltochter einen Moment lang ratlos an - dann nickt sie. „Ja … ja, natürlich!", antwortet sie, vielleicht einen Tick zu schnell, und Lisa macht einen Schritt ins Zimmer. „Ich wollte dich nur nochmal dran erinnern, dass du dir mit dem Kochen Zeit lassen kannst, Oma. Wir werden vor halbeins auf keinen Fall zurück sein", und dabei sieht sie Dorchen so seltsam an, dass die noch einmal nickt, und dann noch einmal. Und dieser Blick scheint im Raum zu schweben, als Lisa ihn längst wieder verlassen hat. Der Zweifel darin, die Sorge - fast etwas wie Angst …

„Weiter, Omama", fordert Leon, und Dorchen singt. Die Worte formen sich automatisch, sie hat die Lieder so oft gesungen, dass sie wie auf Knopfdruck ganz von allein erklingen. Doch dahinter, sozusagen hinter den Kulissen, läuft ein anderer Film ab, einer, den sie eigentlich gar nicht sehen möchte.

,Wann hat sie mir von dieser U7 erzählt?', fragt sie sich und versucht vergeblich, sich die Situation ins Gedächtnis zu rufen. Letztlich ist es ja auch egal, jeder kann mal etwas vergessen, tröstet sie sich, doch da sieht sie vor ihrem inneren Auge das Bügeleisen, das sich stinkend und qualmend in ihre allerliebste Bluse brennt, und noch immer spürt sie den Schock, der ihr bei seinem Anblick in die Glieder gefahren war. Panisch hatte sie versucht, die Spuren zu beseitigen, hatte die Bluse entsorgt und die Fenster weit aufgerissen, doch den Brandfleck im Bezug des Bügelbretts konnte sie nicht kaschieren, und so hatte sie kleinlaut gebeichtet. „Ach, Oma", hatte Frederik sie fröhlich getröstet, „davon geht doch die Welt nicht unter! Hauptsache, du hast den Stecker noch gezogen, bevor die Bude in Flammen aufging!" Lachend hatte er sie in den Arm genommen und am nächsten Tag schon einen neuen Bezug fürs Bügelbrett besorgt, doch der Schock saß tief, und lange noch war Dorchen bedrückt gewesen.

Und jetzt fällt ihr noch etwas ein: Sie hatte versprochen, Lisa sofort bei ihrer Rückkehr von dem Anruf ihrer besten Freundin Caro zu erzählen. „Sie möchte mich bitte sofort anrufen, Frau Reimers, sagen Sie ihr das bitte? Es ist wirklich ganz wichtig, ja? Vielen Dank, Frau Reimers …", und ohne einen Abschiedsgruß hatte die junge Frau aufgelegt. Und obwohl sie so aufgeregt und drängend gesprochen hatte, obwohl sie ihr sogar zweimal das Versprechen abgenommen hatte, Lisa sofort - „bitte, Frau Reimers, sofort!" - zu informieren, hatte sie es vergessen. Und erst, als das Telefon wieder klingelte und Lisa mit dem Hörer am Ohr im Wohnzimmer auf und ab lief und sich immer wieder mit allen fünf Fingern durch die Haare fuhr, war es ihr wieder eingefallen, aber da war es zu spät. Sie war schuld, dass Caros kleiner Sohn nicht rechtzeitig aus der Kita abgeholt und in Panik geraten war. „Ach, Oma", hatte Lisa gerufen, „wenn du dir doch jedenfalls eine Notiz gemacht hättest! Der Junge ist völlig aufgelöst und Caro wird im nächsten halben Jahr kein Wort mehr mit mir reden …", und dann waren Tränen aus den tiefblauen Augen ihrer Enkelin gekullert und sie hatte die Arme ausgestreckt, Lisa an sich gezogen und hilflos in ihr Haar gemurmelt: „Oh du meine Güte, Lieschen, es tut mir so leid … es tut mir so schrecklich leid …", wohlwissend, dass Lisa es hasst, „Lieschen" genannt zu werden.

Am selben Abend war es zum ersten Mal passiert: Als sie die Küche betrat, verstummte das ohnehin leise Gemurmel. Lisa machte sich am Kühlschrank zu schaffen und Frederik begann, sehr konzentriert Brot zu schneiden, während Leon unter dem Tisch in das Spiel mit seinem neuen Auto versunken schien. Dorchen hatte verwirrt von einem zum anderen gesehen, auf eine Reaktion gewartet, sich dann aber gedacht, dass sie gerade in einen kleinen Ehezwist geraten war und sich diskret zurückgezogen. Auf dem Flur war sie kurz stehen geblieben und hatte noch einmal gelauscht, hatte jedoch lediglich die Worte „irgendwann wird uns vielleicht nichts anderes übrig bleiben" verstanden. Hieß das, sie denken an Trennung? Voller Angst und Sorge war sie in ihr Zimmer zurückgekehrt.

Inzwischen sind sie bei „In einen Harung jung und stramm…" angekommen, Dorchen singt und Leon genießt, und seine kleinen Finger streicheln die weiche Haut ihres Innenarms. Gedankenverloren drückt sie den Jungen an sich, während sie überlegt, was denn eigentlich eine U7 ist. Lisa hat es ihr erzählt, ja, und es hat etwas mit Leon zu tun, und erleichtert sieht sie plötzlich den jungen Kinderarzt vor sich, wie er Leon abhorcht und ihn spielerisch in die Wange kneift. Natürlich, das ist die Vorsorgeuntersuchung. Sie atmet tief durch, froh, sich nicht durch eine törichte Nachfrage lächerlich gemacht zu haben. Doch ein Gefühl der Unsicherheit hat sich ihrer bemächtigt, ein leiser Zweifel nagt an ihr.

Mit einem „Flupp" zieht Leon den Daumen aus dem Mund. „Jetzt Lusijanna, Omama", bestimmt er, legt sich zurück und steckt den Daumen wieder in den Mund. Und Dorchen zieht das Kind ein bisschen fester an sich, streicht ihm liebevoll über die Wange und lächelt es zärtlich an. Und schon beginnt sie wieder zu singen, lässt die Worte sich automatisch formen und die Melodie sich auf und ab schwingen, doch im Hintergrund versucht sie, sich an den Namen des Kinderarztes zu erinnern. Den Namen seines Vorgängers kennt sie genau, doch dieser junge Mann … na ja, er ist ja auch noch nicht lange hier … und während Leon seine kleine Hand ihren Arm hinauf- und hinabgleiten lässt, bleiben nach und nach die Worte aus und gehen über in ein gleichmäßiges Summen.

Da zieht Leon vorsichtig die lose Haut in ihrer Armbeuge hoch. Fasziniert beobachtet er, wie sich die Falten nur ganz allmählich wieder glätten, und versonnen sagt er: „Omama - ich darf dir ja nicht sagen, dass du doof bist ...“

... und weiß nicht, was beginnen.

Kurz bevor das Hupen einsetzt, sehe ich sie: Auf dem Zebrastreifen, in der Fahrbahnmitte, dreht sie sich im Kreis, tippelt ein paar Schritte nach rechts, ein paar Schritte nach links, wedelt hilflos mit den Händen und weiß nicht wohin. Völlig kopflos durch das nun einsetzende Hupkonzert verharrt sie schließlich in gebeugter Haltung, und als ich ihr zu Hilfe eile, kann ich nicht umhin, den hupenden Autofahrern meine Meinung über sie deutlich zu machen. „Kommen Sie, ich helfe Ihnen", schreie ich der alten Frau ins Ohr und fasse nach ihrem Arm. Sie zuckt zurück und versteift sich, und dabei sieht sie mich so erschrocken an, als habe ich sie gerade aus tiefstem Schlafe erweckt. Ich deute auf die gegenüberliegende Straßenseite und dirigiere die Widerstrebende von der Fahrbahn herunter auf den Bürgersteig. „So", sage ich, so laut ich kann, weil ich davon ausgehe, dass sie als alte Frau schwer hört und der Straßenlärm hier an dieser Kreuzung immer besonders dröhnt, „das ist ja nochmal gut gegangen. Kommen Sie nun allein weiter?" Ich habe es eilig, mein Zahnarzt wartet auf mich, und das tut er nicht gern, aber die Frau steht nur da und klammert sich mit gesenktem Kopf an meinen Arm.

Irgendwie kommt sie mir bekannt vor, und ich glaube, ich habe sie hier in dieser Gegend schon öfter gesehen. Sie ist winzig klein, höchstens noch einen Meter fünfzig groß, der weit gebeugte Rücken hat sie im Laufe der Jahre sicher zehn Zentimeter gekostet. Ihr schlohweißes Haar ist auf dem Oberkopf ein wenig dünn, die rosa Kopfhaut schimmert durch, aber sehr gepflegt und frisch frisiert. Sie ist eigentlich sowieso nicht einfach eine „alte Frau", sie ist eine Dame, deren feingliedrige Hand, mit der sie meinen Unterarm umklammert hält, immer noch etwas Mädchenhaftes hat. Ihre ganze Erscheinung zeugt von schlichter Eleganz: Hellgrauer Faltenrock, weiße Bluse mit Spitzenkragen und dazu eine edle, taubenblaue Strickjacke. Auffällig sind nur die braunen Filzpantoffel, die sie dazu trägt, und die fehlenden Zähne.

Ich sage: „Es tut mir sehr leid, aber ich muss Sie jetzt allein lassen. Ich muss nämlich zum Zahnarzt, wissen Sie?", und grinse vielsagend in Anbetracht ihres fehlenden Gebisses. „Wo wohnen Sie denn?", frage ich noch, damit ich sie notfalls in die richtige Richtung schicken kann, doch sie reagiert gar nicht. Steht einfach nur da und hält sich an mir fest. Verflixt, was mach' ich denn nur mit ihr? Suchend sehe ich mich um, ob mir nicht irgendjemand zu Hilfe kommt, doch alles hastet und rennt nur blicklos an uns vorüber. Was macht man in so einem Fall? Polizei?

Während ich noch überlege, was ich tun soll, kommt die Dame zu sich. Sie strafft sich, so gut sie kann, sieht mir ins Gesicht und fragt barsch: „Wer sind Sie? Ich kenne Sie nicht. Gehen Sie weg ...!" Sie stößt meinen Arm mit unerwarteter Kraft von sich, so dass ich fast ins Wanken komme, macht kehrt und marschiert die Straße hinunter, so schnell ihre Filzpantoffel es zulassen. Tssss! Ich bin empört, sehe ihr kopfschüttelnd nach und wende mich zum Gehen. ‚Auch gut', denke ich, ‚schaffe ich's jedenfalls noch einigermaßen pünktlich zum Zahnarzt.' Doch irgendetwas zwingt mich, mich noch einmal umzudrehen, und ich glaube zu träumen, als ich sie wieder mitten auf der Fahrbahn stehen sehe.

Bremsen quietschen, die ersten Hupen ertönen bereits, als ich wieder bei ihr bin, ihren Arm in meinen einklinke und sie zurück auf den Gehweg führe. Sie scheint nichts zu hören und zu sehen, willig überlässt sie sich meiner Führung, während sie unentwegt redet. Der Lärm um uns herum und ihre fehlenden Zähne machen es schwer, sie zu verstehen, und als ich mich zu ihr hinunterbeuge, weiß ich, dass ich auch gar nicht gemeint bin. „... hast du recht, Mutter ... den Kleinen erst holen ... nicht weinen ..." An den Pausen in ihrem Gemurmel erkenne ich, dass sie eine wechselseitige Unterhaltung zu führen scheint, in die sie ganz versunken ist.

Wieder haben wir den Punkt erreicht, an dem wir uns schon einmal trennten – oder besser gesagt: an dem sie mich schon einmal aus ihren Diensten entließ. Meinen Zahnarzttermin habe ich inzwischen längst versäumt, und noch einmal brächte ich es nicht fertig, sie einfach sich selbst zu überlassen. Irgendwie muss ich herausfinden, wo sie wohnt. Und siehe da - diesmal scheint sie intuitiv ihren Weg zu kennen, denn zielsicher strebt sie der nächsten Kreuzung zu. Als wir uns nähern, taucht vor meinem geistigen Auge ein Bild auf, und ich meine, die alte Dame schon einmal am Arm einer jüngeren, kräftigen Frau in der Eichendorffstraße gesehen zu haben. Sie schienen vom Einkaufen zu kommen, denn die jüngere Frau trug einen sichtlich schweren Korb, während sie lebhaft auf ihre Begleiterin einsprach. „Wohnen Sie in der Eichendorffstraße?", frage ich die alte Dame an meinem Arm laut und hoffnungsvoll, und mit einem strahlenden Lächeln sieht sie zu mir auf. „Eichendorff, ja, ja, schön ..." nickt sie begeistert, verfällt jedoch umgehend wieder in die Unterhaltung mit ihrer Mutter. Wir stehen an der Kreuzung Eichendorff-/Ecke Theodor-Storm-Straße, und ich weiß nicht weiter. Wie ich so beide Straßen hinunter sehe, bin ich mir gar nicht mehr sicher, wo ich die beiden Frauen gesehen zu haben meine. Mein Blick schwenkt zwischen beiden Straßen hin und her und bleibt schließlich an dem türkischen Obst- und Gemüsemarkt in der Theodor-Storm-Straße hängen. War es nicht dort, wo ich die beiden sah? Ja, natürlich, aus dem türkischen Markt waren sie herausgekommen, hatten die Straße überquert und sich nach rechts gewandt, jetzt fällt es mir wieder ein. Also, nicht Eichendorff, sondern Storm.

Ich lege meine Linke auf die zarte Hand, die inzwischen locker über meinem rechten Arm baumelt und dirigiere die alte Dame über die Kreuzung in die Stormstraße. Als wir am Straßenschild mit seinen Lebensdaten mehr vorbeischleichen als - gehen, schießt mir eine Gedichtzeile durch den Kopf: „... sie war doch sonst ein wildes Blut, nun geht sie tief in Sinnen, trägt in der Hand den Sonnenhut ..." Weiter weiß ich nicht. Da bleibt die Dame stehen, blickt auf zu dem Straßenschild und schickt mir einen leuchtenden Blick aus wasserklaren Augen. Mit kindlicher Freude und fester Stimme sagt sie: „... und duldet still der Sonne Glut und weiß nicht, was beginnen." Ich schlucke. Ich starre sie an mit offenem Mund, will etwas sagen, etwas fragen, kann nicht. Was geht hier vor? Völlig fassungslos wandert mein Blick hin und her zwischen der Dame an meinem Arm und dem Straßenschild, ich sehe mich um, als könne hier jemand souffliert haben ... dann beuge mich herab zu ihr und frage: „Woher wussten Sie...?", doch sie ist längst wieder in ihre eigene Welt eingetaucht, vertieft in die Unterhaltung mit ihrer Mutter, murmelt eifrig und zahnlos vor sich hin und zieht mich weiter.

Richtig wohl ist mir nicht in ihrer Nähe. Nicht nur, dass sie jeden Moment wieder aufwachen und mich wegstoßen kann. Nicht nur, dass ich überhaupt nicht weiß, wo und bei wem ich sie „abliefern" soll. Sie kann meine Gedanken lesen, und das, obwohl sie gar nicht in meiner Welt zu leben scheint. Oder vielleicht gerade deshalb?

Wir trippeln die Theodor-Strom-Straße hinunter, erreichen den türkischen Obst- und Gemüsemarkt. Ich löse ihre Hand aus meinem Arm, beuge noch einmal mich zu ihr hinunter und schärfe ihr ein, stehen zu bleiben, sich nicht zu bewegen, bitte, ich bin gleich wieder da, ja? Dann eile ich in den Laden und frage den Inhaber, ob er weiß, wo die Dame, die da draußen vor seinem Fenster auf mich wartet und die wohl ein bisschen verwirrt ist und hilflos, wohnt. „Aber ja!" sagt er begeistert. „Natürlich weiß ich! Genau gegenüber, Nr. 21, in zweite Stock, glaube ich!" Selten habe ich mich bei jemandem so überschwänglich bedankt. Und als ich aus dem Laden trete, lege ich der alten Dame liebevoll den Arm um die Schulter, um sie über die Straße zu bringen. So zart fühlt sie sich an, so zerbrechlich. Aber zäh ist sie noch, denn ohne ihr Gemurmel zu unterbrechen, schüttelt sie mich ab und schlurft mit ihren Filzpantoffeln hinüber. Jetzt weiß sie offenbar auch selbst wieder, wo sie ist und wo sie wohnt, aber jetzt will ich auf Nummer Sicher gehen und sie auch wirklich ganz nach Hause bringen.

Vor dem Haus Nr. 21 bleibt sie abrupt stehen. Die Schultern fallen herab, der Kopf berührt fast die Brust, das Gemurmel erstirbt. ‚Wie aufgezogen und abgelaufen', denke ich und streiche ihr vorsichtig über den Rücken. „Wohnen Sie hier?", frage ich sanft, um sie nicht zu erschrecken, doch sie reagiert nicht. Also steige ich die zwei Stufen hinauf, öffne die schwere Haustür und kehre zu ihr zurück. „Kommen Sie, Sie sind zuhause, wir müssen nur noch die Treppe hinauf ..." Da sie offenbar weit weg ist in ihrer Welt, fasse ich sie an den Schultern und drehe sie vorsichtig zur Tür. Sie lässt es geschehen, ohne ihre Haltung zu verändern. Vor den Stufen steht sie wie festgewachsen. Was soll ich tun? Sie hinauftragen? Was, wenn ich stolpere, sie fallen lasse, ihr weh tue? Ich gehe in die Knie, fasse sacht ihr rechtes Bein und hebe es an. Gerade will ich den Fuß auf die unterste Stufe setzen, da geht ein Ruck durch ihren Körper. Der Kopf fliegt hoch, die Schultern straffen sich, das Gemurmel setzt wieder ein, und sie erklimmt die Stufen wie eine Gemse. Puh, Glück gehabt! Ich folge ihr in den Flur, und während sie sich mit der rechten Hand am Geländer hochzieht, fädele ich ihren linken Arm wieder in meinen ein, und so erklimmen wir zwei Stockwerke in beachtlichem Tempo. Auf dem Treppenabsatz bleibt sie stehen, verharrt wieder in der mir nun schon bekannten, eingefrorenen Haltung. Ich lese das Namensschild an der Wohnungstür zu meiner Linken: „Dr. E. Johannesson" steht da, und gerade will ich mich der gegenüberliegenden Tür zuwenden, in deren Mitte ein großes, selbstgebasteltes Holzschild mit der Aufschrift „Th. Schmidt" prangt, als die Johannesson-Tür aufgerissen wird. „Frau Professor!" ruft die stattliche Frau, die uns jetzt entgegeneilt. „Frau Professor, oh mein Gott, da sind Sie ja!! Oh nein, was hab ich mir für Sorgen gemacht, nein oh nein, was Sie aber auch für Sachen machen ... Und das alles ohne Zähne!" fügt sie lachend hinzu, während ihre Augen feucht schimmern, und vorsichtig und liebevoll schiebt sie der alten Dame ein Gebiss in den Mund. Sie nickt mir begeistert zu, nimmt mir den Arm der alten Dame ab und sagt: „Bitte ... bitte kommen Sie doch herein!"

Die kräftige Frau mit den roten Apfelbäckchen ist Frau Krüger, „Haushälterin, Gesellschafterin, Krankenschwester, Familie und Mädchen für alles", und sie ist rührend. Sie führt uns ins Arbeitszimmer, hilft der alten Dame in ihren Lehnstuhl am Fenster, legt ihr eine Decke über die Beine und eilt in die Küche. Augenblicklich erscheint sie wieder mit zwei Bechern heißer Schokolade, und während sie beginnt, sie Frau Professor Johannesson löffelweise anzubieten, bedankt sie sich immer wieder bei mir – danke, danke, danke! Ich sitze am Tisch auf einem alten, lederbezogenen Stuhl, halte mich an dem Schokoladenbecher fest und lasse die Blicke schweifen. Bücherregale, soweit das Auge reicht. Vom Boden bis zur Decke. Selbst unter den großen Fenstern, hinter dem Lehnstuhl der alten Dame, ist der Platz ausgefüllt mit Büchern. Aus vielen von ihnen quellen als Markierung eingelegte Zettel und Papiere, einige liegen oben auf den Bücherreihen, manche Borde sind zweireihig bestückt. An der Wand zwischen den Fenstern hängen gerahmte Urkunden, Zertifikate, Auszeichnungen. Ich zähle siebzehn. Auf allen findet sich groß und deutlich der Name „Elisabeth Johannesson", „Dr. Elisabeth Johannesson", „Dr. Dr. Elisabeth Johannesson" und schließlich „Frau Professor Dr. Dr. Johannesson".

Mir wird heiß. Frau Krüger folgt meinem Blick, streicht liebevoll mit der Hand über diese oder jene Urkunde, sieht erst die alte Dame und dann mich an und sagt mit zärtlichem Stolz in der Stimme: „Ja,

Doktor der Philosophie, Doktor der Kulturwissenschaft, Ehrendoktor der Stanford University und – natürlich emeritierte – Professorin für Literatur an der hiesigen Universität." Ihre Worte stehen im Raum wie ein Gewölbe, unter dem sich klein, zerbrechlich und hilflos das duckt, was von Frau Professor Dr. Dr. Elisabeth Johannesson übrig ist. Ich stehe auf, spüre den unwiderstehlichen Drang, der alten Dame noch etwas Liebes zu sagen, und lasse mich vor ihrem Stuhl auf die Knie nieder. Das Gesicht ist völlig entspannt, ein leises Lächeln hat sich darüber gelegt, sie murmelt kaum hörbar vor sich hin, und dann und wann blinkt es in den wasserblauen Augen. Vorsichtig lege ich meine Hand auf ihre. „Frau Professor Johannesson", sage ich, und in diesen drei Worten schwingt alles mit, was ich an Ehrfurcht, Respekt und Bewunderung empfinde. „Ich bin sehr froh, dass ich Ihnen helfen durfte." Da geht wieder dieser Ruck durch ihren Körper, der Kopf fliegt hoch, die Schultern straffen sich, ein eisblauer Blick bohrt sich in meine Augen. „Wer sind Sie?", fragt sie schneidend. „Ich kenne Sie nicht! Gehen Sie weg...", und mit spitzen Fingern entfernt sie meine Hand aus ihrem Schoß.

So fragt man Leute aus

Gemächlich schlendert sie den Weg am Feldrand entlang, betrachtet voller Vorfreude auf den Duft die dicken Knospen des Je-länger-je-lieber und genießt die Vorfrühlingsonne im Gesicht, während sie auf den emsig buddelnden Hund wartet. Erst im letzten Moment nimmt sie den Wagen wahr, der sich vorsichtig holpernd am Knick entlang tastet.

Sie ruft den Hund zu sich, lässt ihn neben sich sitzen, bis der Wagen um die nächste Kurve verschwunden ist, dann setzen sie ihren Weg fort. Verwundert fragt sie sich, wer außer Hunde-Menschen in dieser abgelegenen Gegend etwas zu suchen haben könnte, doch der alte grüne Golf ist bereits um die nächste Kurve verschwunden, und ob er am Ende der Sackgasse umkehren kann oder sich im Schlamm festfährt, kann ihr schließlich egal sein.

Gerade pflückt sie ein paar von den wild wachsenden Märzbechern, die hier, geschützt vor dem immer noch kalten Wind, seit ein paar Tagen in voller Blüte stehen, als sie den Wagen zurückkommen hört. Wieder ruft sie den Hund zu sich, lässt ihn neben sich sitzen und blickt dem Störenfried leicht gereizt entgegen. Langsam und vorsichtig nähert er sich - und kommt neben ihr zum Stehen. Während das Fenster auf der Beifahrerseite herabgelassen wird, erstirbt stotternd der Motor, und vom Fahrersitz lehnt sich ein dicker Mann mit Schiebermütze auf dem Kopf zu ihr herüber.

„‚Guten Morgen", grüßt er, und während sie seinen Gruß zögernd erwidert, tritt sie einen kleinen Schritt zurück. „Sagen Sie", bölkt der Mann mit näselnder Stimme aus dem Wagen heraus, „kann es sein, dass ich Sie kenne? Ihr Gesicht kommt mir so bekannt vor …" Sie mustert ihn kritisch, registriert die roten Äderchen auf seinen Wangen und dem Nasenrücken und zuckt die Schultern. „Ich glaube, da irren Sie sich", antwortet sie, und während sie den Hund an ihre Seite ruft, wendet sie sich ab. „Doch", fährt er fort, und jetzt klingt er fast ein wenig atemlos, „ich glaube, ich kenne Sie. Wo wohnen Sie denn? Wohnen Sie hier in Neuenfelde? Ihr Gesicht kommt mir so bekannt vor …" „Ja", antwortet sie und versucht, ihre Stimme entsprechend ablehnend klingen zu lassen. „Ach", sagt der Mann, „ich hab nämlich auch lange hier gewohnt, wissen Sie. Vielleicht haben wir uns da mal kennen gelernt? Ich heiße Friedrichs, wissen Sie - H.J. Friedrichs. Jetzt wohne ich ja in Altenfelde, schon ein paar Jahre, aber ich glaube, ich kenne Sie. Ihr Gesicht kommt mir so bekannt vor …"

„Naja, vielleicht aus der Zeitung", gibt sie zu und wendet sich zum Gehen. „Ach, das ist ja interessant", ruft er und startet den Wagen neu, um neben ihr her rollen zu können. „Ich arbeite nämlich auch für die Zeitung, wissen Sie …" Er hebt ihr eine Kamera mit riesigem Teleobjektiv entgegen. „Arbeiten Sie auch für die Zeitung?" „Nein. Es war vor einiger Zeit ein Foto von mir drin, weil ich einen Hund aus dem Wasser gezogen hab."

Anerkennend nickt er, umklammert das Steuer seines alten Wagens und lehnt sich wieder zu ihr hinüber. „Wo genau wohnen Sie denn in Neuenfelde? Ihr Gesicht kommt mir nämlich so bekannt vor … Sie wohnen schon lange hier, oder?" „Ja, ziemlich lange", antwortet sie und überlegt fieberhaft, wie sie diesen Kerl auf anständige Art und

Weise loswerden kann. „Wo wohnen Sie denn? Ach, am alten Sportplatz? Sind Sie die Frau Brügmann? Ich kenne Sie doch von irgendwoher … sagen Sie, heißen Sie Brügmann?" „Nein, Meierbeer", platzt es aus ihr heraus, und im selben Augenblick könnte sie sich die Zunge abbeißen. Sie leint den Hund an, raunzt ein „Wiedersehn" in Richtung auf das immer noch offene Fenster und ist mit wenigen Schritten bei ihrem an der Hauptstraße geparkten Wagen.

Mit aufheulendem Motor wendet sie, schaltet das Licht ein und jagt davon. Im Rückspiegel beobachtet sie, wie der grüne Golf an der Ausfahrt des Feldweges abwartend stehen bleibt, als wolle sich der Fahrer vergewissern, dass sie wirklich die Richtung nach Neuenfelde einschlägt.

„Du bist so ein Idiot!", beschimpft sie sich, schlägt mit der Hand aufs Lenkrad und besänftigt den Hund, der erschrocken zusammengezuckt ist. „Meine Güte, wie blöd kann man denn eigentlich sein … stehst diesem aufdringlichen Kerl, den du nie in deinem Leben gesehen hast, Rede und Antwort wie ein Schulmädchen … Fehlt nur noch, dass du ihm deine Handy-Nummer gibst!"

Sie ist so aufgewühlt und entsetzt über sich selbst, dass sie den dringenden Wunsch verspürt, sich bei ihrer Freundin Luft zu machen, doch dann schluckt sie das Bedürfnis nach Trost und Aufmunterung hinunter: Nein, das wäre denn doch allzu peinlich und sie beschließt, diesen faux pas für sich zu behalten und tief in ihrem Innern zu begraben.

Ein paar Tage später zieht sie die Haustür hinter sich zu und macht sich auf den Weg zum Sportplatz, als plötzlich ein Schatten über den Weg fällt und ein großer, gut aussehender junger Mann vor ihr steht. „Ach, entschuldigen Sie bitte", seine Stimme klingt tief und melodisch. „Sind Sie vielleicht die Frau Meierbeer?" Eine Alarmglocke schrillt in ihrem Kopf, eine näselnde Stimme sagt: ‚Ihr Gesicht kommt mir nämlich so bekannt vor ...' und sie spürt, wie ihr augenblicklich der Schweiß auf die Stirn tritt.

„Nein, tut mir leid", erwidert sie kurz angebunden und schlängelt sich an ihm vorbei. „Aber sind Sie nicht gerade dort aus der Tür von Nr. 23 gekommen?", fragt der junge Mann und ist mit zwei Schritten wieder an ihrer Seite. „Die Nr. 23 ist doch das Haus von der Frau Meierbeer, oder?" „Ich habe da nur was in den Briefkasten gesteckt", lügt sie und beschleunigt ihre Schritte. „Ist die Frau Meierbeer denn jetzt zuhause?" „Weiß ich nicht", murmelt sie und wendet sich ab. „Dann können Sie wohl nicht sagen, wann und wo ich die Frau Meierbeer erreichen kann?" In seiner Stimme klingt jetzt eine fast rührende Ratlosigkeit mit, und aus dem Augenwinkel sieht sie, wie er sich mit den fünf Fingern seiner Linken die dichten blonden Haare aus der Stirn streicht. „Nein, tut mir leid", wiederholt sie, wirft den Kopf in den Nacken und beginnt zu laufen - allerdings nur bis um die nächste Ecke herum. Dort versteckt sie sich hinter dem Fernmeldekasten, geht in die Hocke und beobachtet durch den Spalt zwischen Hecke und Kasten den Mann, der jetzt ein paar Papiere aus der Tasche gezogen hat und sie nachdenklich durchblättert. Sein Blick wandert die Straße hinauf und hinunter, und schließlich dreht er sich um und kehrt zurück zu ihrem Haus. Doch nein - vor dem Haus Nr. 25 bleibt er stehen, fährt sich noch einmal durch die Haare und drückt den Klingelknopf. Wenige Augenblicke später steht er der alten Frau Rohwedder gegenüber, die wie üblich ihre Tür nur einen kleinen Spalt breit öffnet.

Die Stimme des jungen Mannes klingt jetzt wieder munter und melodisch, doch Frau Rohwedder hört nicht mehr gut, und so muss er sein Anliegen noch mehrmals wiederholen. Schließlich brüllt er der alten Dame ins Ohr: „Können Sie mir vielleicht sagen, wann ich die Frau Meierbeer erreichen kann? Sie hat den ersten Preis in unserem Preisausschreiben gewonnen, und ich würde gern einen Termin für die Übergabe des Schecks mit ihr vereinbaren …"

Aura

Der Teelöffel klingelt im Glas, als Julia schlecht gelaunt ihren Latte macchiato umrührt. Schmatzend leckt sie die mit Milchschaum bekleckerten Finger ab, legt den Löffel aufs Tischtuch und blitzt ihre Schwester an.

„Das machst du nicht nochmal, hast du verstanden? Das war jetzt das zweite Mal innerhalb von zwei Monaten, und ich lasse mir das nicht gefallen. Was bildest du dir überhaupt ein? Du hast sie doch nicht alle ... du mit deinen Spinnereien ...“

Laura ist diese Ausbrüche gewohnt, sie hat auch damit gerechnet, doch es wurmt sie, dass sie die Ratschläge ihrer Großmutter immer noch nicht hat umsetzen können. „Du musst vorsichtig vorgehen“, hat sie gesagt. „Fall nicht mit der Tür ins Haus, such nach Wegen und Möglichkeiten, die Dinge zu steuern, ohne dass man es merkt.“

Sie hatten bei einer Tasse heißer Schokolade in der Küche gesessen, der Hund hatte in seinem Körbchen geschnarcht und der Regen war in Sturzbächen an den frisch geputzten Scheiben hinuntergelaufen. Nach dem dritten Schluck hatte Laura all ihren Mut zusammengenommen und ihrer Großmutter ihr Herz ausgeschüttet. Statt sie auszulachen, für verrückt zu erklären oder gar zornig zu werden, hatte ihre Oma gelächelt, ihr die Wange gestreichelt und ihre Hand in ihre genommen, als sie sagte: „Ich weiß, wie sich das anfühlt, Schatz. Oh ja, ich weiß es genau ... Aber glaub mir, auch du wirst lernen, damit umzugehen, es nicht als Last oder gar Bedrohung zu empfinden, sondern als Gabe. Denn das ist es, Schatz - es ist eine Gabe, die sich vererbt, die aber nur wenigen gegeben ist und die meistens eine Generation überspringt, weshalb deine Mutter zwar weiß, dass du und ich sie haben, selbst aber nicht betroffen ist."

Laura hatte gebannt gelauscht, ihre Großmutter mit immer größer werdenden Augen angestarrt und sich sehr erleichtert gefühlt. „Aber wieso hab ich sie und Julia nicht?", hatte sie gefragt, denn sie war sich sicher, dass Julia sie nicht hatte. „Das kann ich dir nicht sagen", hatte Oma ihr geantwortet. „Ich glaube, wir entscheiden uns schon vor unserer Geburt, ob wir dieses Wagnis eingehen wollen, und Julia hat sich vielleicht dagegen entschieden."

‚Das war schlau von ihr', hatte sie damals gedacht, doch inzwischen war sie sich dessen nicht mehr so sicher. Denn wenn auch Julia sich für die Gabe entschieden hätte, wäre sie ganz bestimmt nicht auf den Schutz ihrer kleinen Schwester angewiesen - oder sie wüsste ihn jedenfalls besser zu schätzen.

Ihre Mutter jedenfalls weiß Bescheid - und trägt es mit Fassung. Schließlich ist sie ja mit den „Spinnereien" ihrer eigenen Mutter aufgewachsen, und auch, wenn sie es nie ausgesprochen hat (denn über die Gabe spricht man nicht), befragt sie von Zeit zu Zeit das „Orakel", wie sie es nennt, und akzeptiert dessen Antwort. So wie voriges Jahr, als Laura sie zu einer alten Freundin begleiten sollte. Laura war schon am Gartentor stehen geblieben, und als auch nach dem zweiten Klingeln niemand öffnete, hatte ihre Mutter sich zu ihr umgedreht und ihr diesen fragenden Blick zugesandt. „Krankenhaus", hatte Laura geantwortet. „Heute morgen."

„Schlimm?", hatte ihre Mutter gefragt, doch das konnte Laura nicht sagen. „Jedenfalls haben sie sie auf der Trage aus dem Haus gebracht." Zum Glück hatte sich herausgestellt, dass die Freundin sich nur ein Bein gebrochen und noch selbst den Notarzt hatte rufen können.

Ein andermal war sie drüber zugekommen, wie ihre Mutter sich gerade mit dem Stift in der Hand anschickte, von einem Freund der Familie irgendwelche Papiere entgegenzunehmen. Im Vorbeigehen hatte Laura vom Flur aus einen Blick ins Wohnzimmer geworfen, war abrupt stehengeblieben und hatte den Mann angestarrt, der ihrer Mutter gegenüber am Tisch gesessen und vertrauensvoll nach ihrer Hand gegriffen hatte. Der giftgrüne, sich in Schlieren hin- und herbewegende Schimmer, der ihn umgeben hatte, sah aus wie Schleim, und Laura hatte sich instinktiv an den Hals gefasst, um ein Erbrechen zu unterdrücken. Ihre Mutter hatte kurz aufgesehen, hatte Laura vor der Tür stehen sehen, wie sie den Gast voller Grauen und Ekel anstarrte, und hatte ihn unvermittelt und ziemlich brüsk verabschiedet. - Später hatte sich herausgestellt, dass dieser „Freund" mit gefälschten Wertpapieren handelte, womit er schon einige Familien aus dem Bekanntenkreis ins Unglück gestürzt hatte.

Kurze Zeit darauf allerdings hatte Laura die Gabe verwünscht und verflucht. Schreiend war sie aus dem Schlaf hochgefahren, hatte die Katze gesucht und zu sich ins Bett geholt, hatte sie stundenlang gestreichelt und in ihr weiches Fell geweint, bis das monotone Schnurren sie schließlich wieder hatte einschlafen lassen. Zwei Tage lang hatte Laura sich geweigert, in die Schule zu gehen. Wie ein Cerberus hatte sie darüber gewacht, dass niemand die

Katze aus dem Haus ließ, hatte immer wieder Türen und Fenster kontrolliert und sie mit Geduld, Spielereien und Leckerlis zu besänftigen versucht, wenn der Freiheitsdrang des Tieres übermächtig zu werden drohte.

Doch dann, am Abend des dritten Tages, klingelte der Nachbar: Traurig und wortlos hatte er ihr den leblosen Körper der Katze überreicht. Vor dem Tod im Straßengraben hatte Lauras Gabe sie nicht bewahren können.

In der Zeit danach war Laura krank geworden. Immer öfter wurde sie von Schwindel und Übelkeit heimgesucht, sie bekam Schweißausbrüche und Atemnot. Ihre Mutter hatte bereits zwei Termine bei Dr. Lohmann für sie gemacht, doch die verschriebenen Vitamintabletten und Stärkungsmittel hatten nichts genützt. Dann, bei ihrem zweiten Besuch in der Praxis, hatte der Arzt nur ihre Hände in seine genommen, hatte lange ihren Puls gefühlt, genickt und ihr fest in die Augen gesehen. Leise hatte er gesagt: „Geh zu deiner Großmutter, Laura - sie kann dir helfen." Und da hatte Laura gewusst, dass auch er die Gabe besitzt.

„Wann hast du das zum ersten Mal erlebt?", hatte ihre Großmutter gefragt, und Laura brauchte nicht lange zu überlegen: „Das war ein paar Tage nach Miezis Tod", hatte sie geantwortet, „im Bus, auf der Fahrt in die Stadt." „Und dann wieder im Bus und wieder im Bus und in der U-Bahn und im Supermarkt an der Kasse? Also immer, wenn fremde Menschen dir sehr nahe kommen?", hatte Oma mehr konstatiert als gefragt, und Laura hatte das nur verwundert bestätigen können. „Dann mach jetzt mal die Augen zu, versetz dich in die Situation im Bus und sag mir, was du siehst", hatte Oma gefordert, und widerstrebend hatte Laura gehorcht.

Es dauert nicht lange, da setzt die Übelkeit ein. „Lass die Augen geschlossen", befiehlt ihre Großmutter. „Beschreib mir, was du siehst." „Da steht direkt vor mir ein Mann im Parka. Er hält sich an der Schlaufe über mir fest. Sein Haar ist zu lang, er hat schmutzige Fingernägel und einen Herpes an der Lippe. Er riecht komisch ... und da ist so ein Schein um ihn rum, Oma, sowas Graues umgibt ihn. Und die Frau links von mir, die hat auch so einen Schein, jetzt seh ich das: Als wenn sie in einer Hülle stecken! Nur die von der Frau ist heller als die von dem Mann. Aber die wachsen, diese Hüllen, die dehnen sich aus. Und die rücken mir auf die Pelle, die kommen mir immer näher. Ich krieg keine Luft mehr ... Oh nein, aber der da hinten, der steckt in einer fast schwarzen Hülle ... grcks ..." Sie reißt die Augen auf und hält sich die Hand vor den Mund. Kreidebleich im Gesicht kämpft sie gegen den Brechreiz an, und ihre Großmutter schiebt sie sanft, aber energisch vor das weit geöffnete Fenster.

Als sie sicher ist, dass sie sich nicht übergeben muss, reicht Oma ihr ein Glas eiskaltes Wasser. „Das tut gut", seufzt Laura, als sie es absetzt. „Was ist das, Oma? Was passiert da mit mir?" „Du siehst die Aura der Menschen", erklärt ihre Großmutter. „Das ist ganz normal für uns, die wir die Gabe haben. Noch war es dir nicht wirklich bewusst, du hast dich instinktiv dagegen gesträubt und diese Wahrnehmung bekämpft, weshalb dir dann so übel und schwindelig wurde. Wir haben nicht das Recht, die Gabe - oder auch nur einzelne Aspekte davon - abzulehnen. Tun wir es trotzdem, entscheiden wir uns gar willentlich und wissentlich gegen sie, werden wir krank, und niemand kann uns helfen."

Entsetzt springt Laura auf. „Das heißt, ich muss für den Rest meines Lebens die Menschen um mich herum in ihren weißen, grauen oder sogar schwarzen Hüllen sehen, die mich bedrängen und mir die Luft abschnüren, und darf nichts dagegen tun?" Sie ist empört. „Das ist ungerecht, Oma, das ist einfach nicht fair!" Und die Tränen kullern ihr übers Gesicht.

„Sachte, sachte." Oma reicht ihr ein Taschentuch und zieht sie zu sich auf die Bank. „Natürlich heißt es das nicht, Schatz. Wir können uns zwar nicht dagegen wehren, die Aura der Menschen - oder auch der Tiere und Pflanzen - zu sehen, aber wir können uns dagegen wehren, dass sie uns zu nahe kommen oder uns bedrängen. Und das ist ganz einfach - ich zeig's dir." Sie steht auf und fordert Laura auf, sich ihr gegenüber zu stellen. Ihre Hände sind warm und weich, als sie jetzt nach Lauras greift und sie festhält. „Und jetzt mach die Augen wieder zu und geh zurück in die Situation im Bus. Steht der Mann wieder neben dir? Genauso wie eben?" Laura nickt, ihre Wangen verlieren bereits wieder die Farbe. „Konzentriere dich auf deinen Atem", sagt Oma. „Atme tief, ruhig und gleichmäßig. Der Mann mit seiner grauen Aura ist jetzt nicht wichtig. Richte den Blick deines inneren Auges nach oben ... siehst du den hellen Schein? Bitte ihn, zu dir herunterzukommen. Kommt er? Hab Geduld, er wird kommen ... gut, und nun hülle dich ein in diesen Schein, lass ihn dich von Kopf bis Fuß bedecken. Er schützt dich, er gibt dir Raum und Freiheit. - Stimmt's?" Immer noch atemlos, kann Laura nur nicken. „Diesen Schutzschild kannst du jederzeit aktivieren. Je öfter du es tust, desto leichter wird es dir fallen. Und du kannst ihm vertrauen, Schatz, glaub mir: Er wird dich schützen, wann immer du es für nötig hältst, okay?"

Seitdem kann Laura wieder unbeschadet Bus oder U-Bahn fahren. Zuerst noch ein wenig zögerlich, dann immer selbstverständlicher. Und sie fängt an, sich mit der Gabe auszusöhnen.

Richtig zufrieden mit sich war sie, als sie Tobias das Handwerk legte. Tobias war Julias Freund, ihre erste große Liebe. Er sah toll aus. Mindestens einen Kopf größer als Julia, schlank und durchtrainiert, die dicken blonden Haare so geschnitten, dass sie ihm ständig in die tiefblauen Augen fielen, damit er sie mit allen fünf Fingern der linken Hand lässig wieder nach hinten streichen konnte. Er hatte ein umwerfendes Lächeln. Ein Lächeln, das sich aus einem Mundwinkel über das Grübchen in der Wange bis in die Augen fortsetzte und dann übers ganze gebräunte Gesicht ausbreitete, und mit dem er sogar Lauras Mutter blitzschnell überzeugte, dass sie ihm Julia unbesorgt anvertrauen könne. Laura wurde nicht gefragt.

Stutzig wurde sie, als sie an diesem strahlend blonden, blauäugigen Typ eine löchrige graue Aura wahrnahm. Wenn er sich bewegte, waberte sie um ihn herum, sie schien eine fast glibberige Konsistenz zu haben und ihm am liebsten zu Füßen fallen zu wollen, und wenn er Julia den Arm um die Schultern legte, kroch dieses löchrige, glibberige Grau seinen Arm entlang, legte sich Julia um den Nacken und breitete sich auf ihren Schultern aus. Laura war alarmiert.

Sie suchte Rat bei ihrer Großmutter. „Oma, können wir unsere eigene, schützende Aura auch auf andere übertragen?" Bedauernd schüttelte ihre Großmutter den Kopf. „Ich hab's selbst allzu oft versucht, Schatz", antwortete sie, „aber gelungen ist es mir nie. Ich glaube, das einzige, das wir tun können, um unsere Lieben zu schützen, ist, sie aufmerksam zu beobachten und die Zeichen, die die Gabe uns schickt, wahrzunehmen und richtig zu deuten." - Und das hatte Laura dann getan.

So war also der Tag gekommen, an dem sie Tobias, der den Nachmittag mit Julia in ihrem Zimmer verbracht hatte und nun darauf wartete, dass sie aus dem Bad kommen sollte, im Vorbeigehen zugeraunt hatte: „Leere deine Taschen lieber gleich hier, wenn du dir Ärger ersparen willst ... und dann lass dich besser nie wieder blicken." Tobias hatte sie mit offenem Mund angestarrt (in dem Augenblick hatte er gar nicht mehr so toll ausgesehen), hatte hektische rote Flecken auf den Wangen bekommen und instinktiv in seine Hosentasche gegriffen, während er alarmiert nach oben blickte, wo Julia gerade frisch parfümiert und gestylt auf dem Treppenabsatz erschien. Mit leicht verzerrtem Lächeln hatte er ihr die Tür geöffnet und sie schnellen Schrittes zu seinem Wagen gezerrt, wo Julia sich verwirrt und fragend noch einmal umgesehen hatte, bevor sie einstieg. Als sie die Tür hinter den beiden schloss, sah sie in der Ecke des Flurs auf dem Teppich etwas glitzern. Es war das Collier ihrer Großmutter, dass diese Julia zu ihrem 18. Geburtstag geschenkt hatte.

Als Tobias sich auch eine Woche später noch nicht gemeldet oder gar hatte blicken lassen, brach für Julia die Welt zusammen. Sie hörte auf zu essen, sie hörte auf, Musik zu hören, und sie hörte auf, sich zu schminken. Das hieß: Alarmstufe Rot! Also fasste Laura sich ein Herz, drückte ihrer Schwester das gerettete Collier in die verkrampfte Hand und tröstete sie damit, dass sie wenigstens das habe retten können. Ganz langsam, nach und nach, fiel bei Julia der Groschen. „Du warst es also!", schrie sie, sprang auf und zerrte Laura zur Tür. „Hau ab, du gemeine Hexe, lass mich in Ruhe und kümmere dich um deinen eigenen Kram! Was ist denn schon ein verdammtes Collier gegen die Liebe … so eine Liebe …", und verzweifelt schluchzend hatte sie sich auf ihr Bett geworfen.

Es dauerte lange, bis Julia über Tobias' Verlust hinweg kam, mindestens zwei Wochen. In der ganzen Zeit würdigte sie Laura keines Blickes, tat, als sei sie Luft und verschloss ihr die Tür vor der Nase. Manchmal nahm ihre Mutter sie dann tröstend in die Arme, gab ihr einen Kuss und sah ihr verständnisvoll in die Augen. Dann zuckte Laura resigniert die Schultern und trottete wie ein begossener Pudel davon. Doch irgendwann war Julias Kummer vergessen, sie war zu neuem Leben erwacht und tanzte trällernd durchs Haus. ‚Aha', dachte Laura, ‚auf ein Neues!' Julia hatte sich verliebt - diesmal in Adrian.

Auch Adrian war groß, breitschultrig. blond und blauäugig - er schien Julias Ideal in allen Punkten zu entsprechen. Zwar hatte er einen kleinen Sprachfehler - er stolperte ständig über einen spitzen Stein - doch machte er dieses Manko überzeugend wett durch seine Kusstechnik: Langsam und ausgiebig ließ er seine Zungenspitze über Julias Gesicht gleiten, angefangen bei den Wangen, sich hinaufschwingend zu den Brauen, verweilend auf den Augenlidern und mit einem gewagten, geradezu spitzbübischen Abstecher hinüber zu den Ohren. Wenn Julia sich ihm dann kichernd entwand, zog er sie erneut an sich, um sich an ihrem Hals emporzuschwingen, am Ohrläppchen knabbernd zu verharren und dann ausgiebig ihre Mundhöhle zu erforschen, was bei Julia allerdings hin und wieder zu Krämpfen in den Kiefergelenken führte, was sie aber um keinen Preis der Welt eingestanden hätte.

Als Laura ihn kennenlernte, weigerte sie sich zunächst, seine Aura auch nur zur Kenntnis zu nehmen. So etwas hatte sie noch nicht gesehen: Nicht nur die Farben - weiß, blau, grün und dunkelrot - waren ineinander verwoben, wogten und schwangen hin und her, nicht nur die Form seiner Aura änderte sich von Minute zu Minute, sondern auch ihre Ausdehnung: Mal streckte sie sich in die Höhe, um mit dem letzten Zipfel dort oben schwankend zu winken, mal sackte sie in sich zusammen, um sich dickbäuchig und träge niederzulassen. Besonders die bunt schillernden Schlieren, die sich immer wieder auf ihrer Oberfläche zeigten, erregten ihre Aufmerksamkeit.

Und so entdeckte sie denn auch eines Abends, dass der schöne Adrian alles andere als monogam veranlagt war. Sobald Julia ihm einen letzten Handkuss zugeworfen und sich die Haustür hinter ihm geschlossen hatte, färbte sich seine Aura feuerrot. Und teilte sich mehrfach. Laura wollte das nicht sehen, versuchte immer wieder, die Bilder zu ignorieren, doch konnte sie auf Dauer nicht umhin, sich sein ausgesprochen vielfältiges Liebesleben einzugestehen. Im Prinzip wäre ihr das völlig egal gewesen, hätte ihrer Schwester nicht die nächste Katastrophe in puncto Gefühlsleben gedroht.

Und so hatte sie denn zum zweiten Mal eingreifen müssen: Bevor sie zu ihrer ausgiebigen, lang erkämpften Disco-Nacht starteten, verschwand Julia noch einmal aufs Klo. Das war der Moment, in dem Laura sich mit klarem Blick und gar nicht besonders gedämpfter Stimme an Adrian wandte: „Und? Wie viele Bräute warten heute Abend auf dich? Hm? Wann lässt du sie sitzen, überlässt es ihr, allein nach Haus zu kommen? Glaubst du wirklich, Bianca, Lara und Sabrina wissen nichts voneinander? Ich rate dir, sorg jedenfalls dafür, dass Julia heute Nacht sicher nach Hause kommt, sonst hetze ich dir meinen Vater auf den Hals ..." Und der schöne Adrian hatte nicht einmal mehr gewartet, bis Julia vom Klo kam: Ohne zu zögern, hatte er die Tür aufgerissen, war in drei Sätzen die Auffahrt hinunter und hatte mit quietschenden Reifen das Weite gesucht ...

Das war vor zwei Tagen, und noch sieht Julia ziemlich verquollen aus, wie sie da mit aufgestützten Ellenbogen an dem Bistrotisch hockt und in ihrem Latte macchiato rührt. „Manchmal hasse ich dich, weißt du das?", flüstert sie, und Laura kann sie gut verstehen. „Ich mich auch", gesteht sie, doch auch das stimmt Julia nicht wirklich milder.

In diesem Augenblick steht der Mann dort hinten von seinem Tisch am Fenster auf. Im Stehen greift er noch einmal nach seiner Tasse, trinkt den letzten Schluck und sucht in seiner Sakkotasche ganz offensichtlich nach Kleingeld. Mit einer nachlässigen Geste wirft er ein paar Münzen auf den Tisch, zieht einen Aktenkoffer vom Stuhl, reißt einen dunkelblauen Tuchmantel vom Kleiderständer und schlängelt sich zwischen Tischen und Stühlen hindurch auf den Ausgang zu.

Ohne Julia auch nur eines Blickes zu würdigen, erhebt Laura sich. Ihre Augen fixieren den Mann, halten jede seiner Bewegungen fest. Sie merkt nicht, dass sie ihren Orangensaft umstößt, hört nicht das Splittern des Glases, nicht Julias erschreckten Ausruf. Wie an Fäden gezogen geht sie dem Mann entgegen, folgt ihm zur Tür des Café und tritt ihm in den Weg in dem Moment, in dem er den Arm ausstreckt, um sie zu öffnen. Seine Aura ist blutrot, tiefschwarze Fäden ziehen sich hindurch, schlängeln sich um gezackte Löcher herum und schießen Blitze wie Pfeile nach allen Seiten. Mutig streckt sie die Hand aus, greift hindurch durch diese Aura und zupft ihn am Ärmel. „Verzeihen Sie bitte", hört sie sich sagen mit einer Stimme, die nicht die ihre zu sein scheint. „Ich glaube, Sie haben da gerade den Mantel meines Vaters mitgenommen."

Der Mann stutzt, sieht erst sie, dann den Mantel an, und beginnt, das blaue Tuch nach Erkennungsmerkmalen abzutasten. Er greift in beide Taschen, wirft einen Blick auf das eingenähte Etikett und zieht schließlich aus der Innentasche ein Notizbuch heraus. „Nein, siehst du: Mein Notizbuch", sagt er, lächelt ein bisschen erleichtert und greift erneut nach der Tür. „Aber nein", sagt Laura, nun schon etwas lauter, „mein Vater hat genauso eines. Sehen Sie doch bitte noch einmal nach …" Der Mann wirft ihr einen misstrauischen Blick zu, schlägt das Notizbuch auf und hält es ihr vor die Nase: „Ist das die Schrift deines Vaters? Nein? Na, siehst du, also kann es wohl weder sein Notizbuch noch sein Mantel sein, möchte ich meinen."

Auf seiner Stirn zeigt sich inzwischen eine eindrucksvolle Falte, sein Mund ist zu einem dünnen Strich geworden. „Hättest du wohl die Güte, meinen

Mantel loszulassen? Ich habe einen Termin!" Erst als er ihr den Stoff aus der Hand reißt, merkt Laura, dass sie ihn immer noch festhält. „Und nimm gefälligst den Fuß aus der Tür!", fordert der Mann jetzt. Laura fällt nichts mehr ein, womit sie ihn noch aufhalten könnte, sie versucht, die Tür wieder zuzudrücken, doch der Mann rammt ihr den Ellenbogen in die Seite, zischt dicht an ihrem Gesicht ein wütendes „Verpiss dich!" und reißt sich los. Mit zwei Sätzen ist er die Treppe hinuntergesprungen, klemmt sich im Laufen den Lederkoffer unter den Arm und versucht gleichzeitig, den Mantel wieder anzuziehen.

Resigniert lässt Laura die Tür los. Mit hängenden Schultern wendet sie sich um zu ihrem Tisch, als ein dumpfer Aufprall und das Kreischen von Bremsen, gefolgt von blechernem Scheppern und dem Klirren von zerspringendem Glas sie wieder herumfahren lassen. In Sekundenschnelle haben sich Passanten um einen leblos vor den Reifen des Busses liegenden Körper geschart. Der Busfahrer kniet bereits neben ihm, gestikuliert wild und hilflos und schreit sich die Seele aus dem Leib.

An den Fenstern des Cafés drängen sich die Gäste. Zitternd und mit den Zähnen klappernd steht Julia hinter ihr. „Wenn du ihn nicht aufgehalten hättest", raunt sie ihr mit heiserer Stimme ins Ohr, „würde er jetzt noch leben...."

Weitere Bücher von Christiane Gezeck:

Am Ende der Dämmerung

„Familiendrama an der Haltestelle: Vater erschießt Tochter.

Ein 53 Jahre alter Mann hat gestern am späten Nachmittag seine 26 jährige Tochter an der Bushaltestelle Kohlmarkt/ Ecke Breite Straße erschossen. Der Mann hatte der jungen Frau offenbar aufgelauert und sie mit einem gezielten Schuss in die Brust getötet. Nach der Tat blieb der mutmaßliche Mörder neben der Leiche sitzen und ließ sich widerstandslos festnehmen."

So titeln am Dienstag, 22. April, die „Lübecker Nachrichten". Was auf den ersten Blick wie ein schnell geklärtes Verbrechen aussieht, entpuppt sich für die junge Polizistin Imke Groth als mühsame Spurensuche auf den verschlungenen Wegen einer doch eigentlich intakten Kleinfamilie.

Das Geräusch

Christiane Gezeck
Das Geräusch
Roman

Ein 5-Parteien-Mietshaus in Kiel. Seit einiger Zeit hört Ellen ein seltsames Geräusch: Es klingt nicht wirklich menschlich und nicht wirklich tierisch, es ist kläglich und abgehackt und immer öfter zu hören ... und es kommt aus der Wohnung ihrer neuen Nachbarn.

Irgendwann glaubt Ellen, die Ursache zu kennen: Der dicke Herr Lauterberg vergeht sich an seiner kleinen Tochter Sarah! Oder doch nicht?

„Hinsehen, nicht wegsehen" war von jeher Ellens Motto, und gemeinsam mit ihrem guten Freund Georg versucht sie, den Dingen auf den Grund zu gehen und sich Gewissheit zu verschaffen. Doch wo auch immer sie sich hinwendet: Die Ratschläge, Bedenken und Warnungen könnten widersprüchlicher nicht sein. Rettet sie mit ihrer Anzeige ein Kind aus der häuslichen Hölle - oder zerstört sie mit falschen Anschuldigungen das Leben einer intakten Kleinfamilie?

Nach langem Kampf entschließt sie sich, das Jugendamt zu informieren: „Morgen", dachte Ellen, als sie sich in ihrem Bett zusammenrollte und das Licht löschte. „Morgen ruf ich an ... bestimmt. Ganz bestimmt." - Doch dann kommt alles anders und nicht ganz zufällig ist der Tierheimhund Dieti an der Zerschlagung des Gordischen Knotens beteiligt.

Montags 18.30 Uhr

Schweigen ist Silber – Reden ist Gold

Eine Gruppe von 5 Frauen beginnt, sich regelmäßig montags um 18.30 Uhr zu treffen. Katharina sieht sich selbst als „Kuli" und droht, unter der Last des ihr aufgebürdeten Schicksals zu zerbrechen; Jana, von der Willkür ihres dominanten Vaters gezeichnet, wird von Alpträumen geschüttelt; Renate versucht, allen Kränkungen zum Trotz auch ohne Mann an ihrer Seite tief durchatmen und den Kopf oben behalten zu können.

Und Maria und Magda? Was hat sie, die doch in sich zu ruhen scheinen und den Gleichmut gepachtet zu haben, veranlasst, sich hilfesuchend an diese Runde zu wenden?

Raubmöwen

Lily, 30 Jahre alt, muss die Trauerfeier für ihren verstorbenen Mann Arne vorbereiten. Da meldet sich Mads bei ihr, Arnes Sohn aus erster Ehe und fast genauso alt wie Lily selbst. Als Zwölfjähriger hatte Mads sich rigoros von seinem Vater losgesagt - Arne starb, ohne seinen Sohn noch einmal wiedergesehen zu haben. Kein Wunder also, dass Lily diesem zwar gut aussehenden, aber völlig fremden Mann mit Ablehnung begegnet, auch wenn er ganz offensichtlich Arnes meergrüne Augen und sein kastanienbraunes Haar geerbt hat. Doch Arne zuliebe und weil sie ein großes Herz hat, bietet sie Mads ihr Gästezimmer an, was dieser mit Freuden annimmt. Ziemlich bald allerdings kommen Lily Zweifel: War es wirklich klug, diesen Mann im Haus hinterm Deich aufzunehmen? Doch nun ist es zu spät ...